海鳥東月の『でたらめ』な事情

UMIDORI TOUGETSU NO DETARAME NA JIJOU

3

「はい、完成です！」
かんかんっ！　二本の『テコ』を打ち鳴らしてから、
白髪少女──でたらめちゃんは元気良く叫んでいた。

「さあさあ、この私、でたらめちゃんの特製そばめし！
さめない内に、皆さんどうぞ召し上がってください！」

『次は、姫路〜。姫路〜』
「私、未だに不安なんだよ……奈良、本当は嫌なのに、
無理して付き合ってくれたんじゃないかって」

「……じゃあなに？　私にこの荷物を持って、
今すぐ神戸にとんぼ返りしろとでも言いたいの？
もう親にも、この一泊旅行のことは説明してあるのに？」

「……そ、それは」

「綺羅々さまの能力を以てすれば、お金持ちになるのなんて、本当は簡単なことの筈なのに……！　私が、無能な嘘であるばっかりに……！」

ぎゅうう、とその身体を抱きしめられて、守銭道化は、小さく声を漏らす。

「わたくしにとって、あなたは最高のパートナーよ。あなた以外のメイドなんて、考えられないわ」

UMIDORI TOUGETSU NO DETARAME NA JIJOU

CONTENTS

海鳥東月の
『でたらめ』な事情３

両生類かえる

MF文庫J

口絵・本文イラスト●甘城なつき

1　焼きそばと白ごはん

ミーン、ミンミンミンミンミン、ミー。

ミンミンゼミのけたたましい鳴き声が、あたりに響く。

照り付ける日差しと、うだるような熱気。

そんな真夏の昼下がり、ある住宅街の一本道を、一人の女子高生が歩いていた。

「あっつ～」

ぱたぱた、と掌(てのひら)で自らをあおぎながら、うんざりしたような声を漏らす女子高生。

上は半袖のブラウスに、下はプリーツスカートという装い。

艶(つや)やかな黒髪を、腰のあたりまで長く伸ばしている。

身長170㎝ほどの、背の高い少女だ。

「いつの間に、こんな季節になったんだろ……ついこの間まで春だった筈(はず)なのにね」

などと、一人でぼやく少女の手中に握られているのは、ソーダ味とおぼしき、食べさしの棒アイスだった。

通学路のコンビニで購入したのだろう。『こんなものでも舐(な)めていなければ、とてもやっていられない』と、少女の顔には書いてあるようだ。

――ブブブッ、ブブブッ、ブブブッ！

「……ん？」

と、そんなときだった。

スカートのポケットの中から、なにやら小刻みな振動が伝わってきていることに、少女——海鳥東月（うみどりとうげつ）は気づいていた。

「……？」不思議そうな顔をしつつ、棒アイスを持っていない方の手を、ポケットの中に突っ込む海鳥。ややあって、ポケットの中から取り出されたのは、彼女のものとおぼしきスマートフォン。

どうやら着信が入ったらしい。

——画面に表示されているのは、『おばあちゃん』という文字。

「……げっ!?」

その文字列を視認した瞬間、海鳥はぎょっとしたように表情を引きつらせる。思わず足を止め、スマートフォンの着信画面に、くぎ付けになってしまう。

「……………」

ブブブ、ブブブ、ブブブ。

スマートフォンは尚（なお）も振動を続けているが、海鳥はそれを見つめるだけで、一向に通話ボタンをタップしようとしない。

そして、完全に固まってしまった海鳥を他所（よそ）に、スマートフォンの振動は、いつまでも止まる気配がない。

「…………っ」

結局、二十秒ほどはそうしていただろうか？　海鳥は、いよいよ観念したという風に、通話開始ボタンに指で触れて、本体を耳に当てると、

「……も、もしもし、おばあちゃん？」

そう、通話口に向かって囁(ささや)きかけていた。

すると、間髪入れずに、

《――ええか？　用件はたった一つだけや、東月(とうげつ)》

そんな、物々しい老婦人の声音が、通話口から返されてくる。

「…………っ！」

途端、ただでさえ引きつっていた海鳥の顔が、さらに強張(こわば)る。

ぎゅううう、と半ば無意識に、耳元のスマートフォンを強く握りしめてしまう。

棒アイスが溶けて、彼女の手にかかりそうになってしまっていたが、それすら気にする様子もない。

《用件というか、確認というか、最後通告みたいなもんや。一回しか言わんから、よう聞いとけ》

そして、そんな少女の耳元で、通話口の向こうの老婦人は、尚も言葉を続けてくる。

《今年の夏は、絶対に実家に顔を出せ。これは命令や》

「……」

《もしも今回、去年の盆や正月みたいに、なんのかんの理由をつけて帰省を渋るようなら、私はもう堪忍せん。言うこと聞きたないなら、好きにしたらええけど……ただその場合、あんたの一人暮らしは、この一学期限りで終わることになる》

「……」

《あんたには二学期から学校を変えるか、姫路から今の学校に通うか、選んでもらう。これが脅しやない。それぐらい、あんたにも分かるな？》

「…………」

《ほな、そういうことやから》

——ぶちっ。

そこで通話は切れてしまった。

海鳥の返答を待つことすらなく、相手は通話を終わらせていた。

「……ど、どうしよう」

ややあって海鳥は、呆然と呟く。

既に彼女の意識からは、周囲の暑さのことなど、消し飛んでいた。

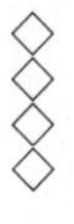

通話終了

まず、焼きそばを作る。

しっかりと熱せられたホットプレートの上に、袋から出した中華麺、豚肉とエビ、キャベツなどの具材を並べて、ある程度まで火を通す。

そして次に、中華麺と具材を混ぜ合わせる。この際使用する道具は、金属製の平べったい調理器具、『テコ』である――二本の『テコ』を上手く使えば、驚くほど簡単に中華麺と具材を混ぜ合わせることが出来る。だが、もちろんこの後ソースを絡めて完成というわけではない。ソースはまだ絡めない。

「それだと、ただの焼きそばになっちゃいますからね～」

などと、ホットプレートの前の白髪少女は、朗らかに言い――手に持っていたお茶碗を、ホットプレートの上で思い切りひっくり返していた。

途端、中に入っていた白ごはんが、プレートの上へと落下する。

じゅううう、という音。

ホットプレートの上に、焼きそばと白ごはんが並ぶ。

「いいですか、皆さん？　この料理を作る上で、一番気をつけなくてはいけないのは、ごはんの扱い方です」

『テコ』を忙しなく動かし、ごはんに万遍なく火が通るようにしながら、白髪少女は言う。

ネコのミミのついたパーカーを羽織り、さらにその上からネコの刺繍の入ったエプロンを身に着けた、12歳くらいの、小柄な少女である。

「より正確に言えば、ごはんから如何に水分を飛ばすか？　これが重要なのです。水分をたっぷり含んだままだと、焼きそばと合わせたときに、どうしてもベトベトしてしまいますからね」

じゃっ、じゃっ、じゃっ、じゃっ。

やがてネコミミ少女は、『テコ』を振るって、焼きそばと白ごはんを混ぜ合わせ始める。ここにきてようやくソースも投入し、さらにその上から、天かすを大量にふりかけていく。

「はい、完成です！」

かんかんっ！　二本の『テコ』を打ち鳴らしてから、白髪少女――でたらめちゃんは元気良く叫んでいた。「さあさあ、この私、でたらめちゃんの特製そばめし！　さめない内に、皆さんどうぞ召し上がってください！」

「わあ！　待ってました、でたらめちゃん！」

言われた途端、感激の声を上げていたのは、奈良芳乃(ならよしの)である。

彼女は無表情で、しかしご機嫌に鼻歌を漏らしつつ、ホットプレートの上から、自分の分のそばめしを取り皿によそう。

「いただきま～す」

そして、やはりはしゃいだ様子で言いながら、手に持った割りばしで、そばめしを口の中へとかき込んでく。

「……〰〰っ！」

数度の咀嚼の後、奈良は無表情で、わなわなと両肩を震わせていた。「……はあ、流石はでたらめちゃんだね。こいつは正真正銘、神戸の長田で食べられる味だよ。それ以上、私には何も言えることがない」

「おそれいります」

かけられた奈良の言葉に、でたらめちゃんは澄ました顔で、頭を下げ返していた。「正直、こういう鉄板系は私の専門というわけではないのですけど。他でもない奈良さんにそう言っていただけると、こちらも自信が持てるというものですね」

「いやいや、本当に美味しいよ〜。こんな美味しいそばめしを友達に作ってもらえるのなら、わざわざお店に行くのが馬鹿らしくなってくるくらい」

奈良は尚も言いながら、ちらり、と横合いに視線を送って、

「ね？　海鳥もそう思うでしょ？」

「…………」

「……海鳥？」

「えっ!?」

そこまで言われて海鳥は、ハッとしたように、頭を上げていた。

「……え？　な、なに？　なんの話？」

「……いや、そばめしの話だけど」

奈良は無表情で、海鳥を見つめて、

「どうしたの海鳥？　なんかキミ、今日はずっと顔色が悪いよ？」

「…………」

心配そうな奈良の問いかけに、海鳥は無言で視線を逸らす。

彼女の目の前にも、奈良と同じように取り皿が置かれているのだが、その上には未だ何も載せられておらず、割りばしさえも割られていない。

「……ええと」

ややあって海鳥は、そうおずおずと口を開いて、「べ、別になんでもないよ、奈良。ただちょっと、考え事をしていたってだけで……」

「……考え事？」

「――ちょっと海鳥。あんたまさか、まさか夏風邪でも引いてるんじゃないでしょうね？」

と、そんな二人の会話を遮るように、横合いから、別の少女の声が響いてくる。

「だとしたら、今すぐ席を外してちょうだいよね。私の芳乃にうつされでもしたら、大迷惑だわ」

それは、奈良芳乃と全く同じ顔の、絶世の美少女だった。

無表情の奈良の真横で、いかにも不機嫌そうに眉間に皺を寄せつつ、彼女は海鳥の方を睨んできている。

「……こら、羨望桜。何もそんな言い方しなくてもいいだろ？」

そんな自分とうりふたつの少女――羨望桜の方を、奈良は無表情で振り向いて、「まったく……なんだってキミは、私以外の人間に対しては、すぐそうやってつんけんした態度を取ってしまうのかな?」

「ふふっ。別につんけんした態度なんて取っていないわよ、芳乃。私はただ、あなたの身の安全のために、常に細心の注意を払っているだけ」

羨望桜は、凛とした声音で返す。

「あと個人的に、私の芳乃にいつもベタベタしてくる海鳥が、とにかく気に入らないっていうのもあるけどね」

「……いやキミ。ほとんどそれが理由の全部だろ」

奈良はやれやれ、という風に肩を竦めつつ、またも海鳥の方に視線を戻して、

「まあ、ともかくさ海鳥。何に悩んでいるのか知らないけど、本当に風邪とかじゃないんなら、今くらいは全部忘れて、ぱーっと楽しもうぜ!」

と、明るい声音で呼びかけるのだった。

「なんたって今日は、待ちにまった七月二十一日! こんなおめでたい日に、暗い顔をしている高校生なんて、この日本にはいないんだからさ!」

「…………」

奈良の言葉に、海鳥はぼんやりと、丸テーブルの上のデジタル時計に視線を移す。

表示されている日付は、七月二十一日。

今年度における、一学期の最終日である。

つまり、実質的には夏休み最初の日。

「よーし、でたらめちゃん！　そばめしはたった今堪能させてもらったからさ！　お次はいよいよ、お好み焼きを焼いて頂戴よ！」

と、やはり上機嫌で、奈良はでたらめちゃんに呼びかける。

「『一学期の打ち上げ・お好み焼きパーティー』と銘打っておいて、肝心のお好み焼きを食べられないままじゃ、私は文字通り腹の虫が収まらないからね！」

「……あー。お好み焼きですか」

が、ホットプレートの前に立つでたらめちゃんは、なにやら渋い顔を浮かべて、

「すみません奈良さん。お作りしたいのは山々なんですが、今はまだちょっと無理なんですよね」

「……？　今はまだ無理？　なんで？」

「実は、私としたことが、材料をうっかり買い忘れてしまいまして」

でたらめちゃんはバツが悪そうに言う。「なので今、あの二人にスーパーまで買い出しに行ってもらっているんですけど……中々帰ってこなくてですね」

――と、そんなときだった。

がちゃり、という金属音とともに、マンションの部屋の扉が開けられる。

「ただいま戻りました～！」

「ごめんね～、みんな！　遅くなっちまって！」

ドアを開け、玄関に入ってきたのは、二人の少女だった。

片方は、青い髪をおさげにした、小柄な少女。

もう片方は、濃い緑の髪をおかっぱにした、やはり小柄な少女。

「あっ！　とがりちゃんにサラ子さん！」

そんな少女たちの姿を目にした途端、でたらめちゃんは目を吊り上げて、

「ようやく帰ってきたんですね！　ちょっと近所のスーパーに行って帰ってくるだけで、一体何十分かかってるんですか！　あなたたちがあんまり遅いものだから、もうそばめし始めちゃってましたよ！」

「……うう～。本当にごめんよ～、でたらめちゃん」

でたらめちゃんの叱責に、おかっぱ頭の少女——サラ子は、申し訳なさそうに手を合わせる。「買い物自体は、すぐに済んだんだけどさ～とがりちゃんが、どうしても駄菓子屋さんに寄りたいって言うもんだから」

「……はあ？　駄菓子屋さん？」

「うん。どうしてもアイスを食べたいって言って、聞かなくてね～」

「…………ええ？」

サラ子の言葉に、呆れたように息を吐くでたらめちゃん。

「……いやいや、サラ子さん。晩ごはん前に、そんなもの食べさせたら駄目じゃないですか。あなたがついていながら」

「……っ！　か、返す言葉もないよ。でもとがりちゃん、とっても暑そうにしてたから、可哀想で」

「……いや、『可哀想で』じゃなくて」

「――ふんっ！　いちいちうるさいですね！　この小姑ネコは！」

と、ますますしょんぼり項垂れてしまうサラ子とは対照的に、おさげ髪の少女――とがりの方は、不機嫌そうに鼻を鳴らして、

「大体、そもそもは青のりを買い忘れていたでたらめちゃんさんが悪いんでしょう？　私たちは、その尻ぬぐいをしてあげたんですよ！　ちょと駄菓子屋さんでアイスを食べるくらいで、文句を言われる筋合いは――」

……が、そこまで言いかけたところで、とがりは不意に口をつぐんでいた。

彼女の視線はいつの間にか、丸テーブルの一角に腰を下ろす少女――奈良芳乃にくぎ付けになっている。

「……芳乃ちゃんだ!!」

ややあってとがりは、歓喜の叫びを上げていた。

「芳乃ちゃ～ん！」

彼女はそのまま、とたとた、と丸テーブルまで駆けよってくると、座ったままの奈良の身体に、思い切り抱き着く。

「わっ!?　ちょ、ちょっととがりちゃん!?」

「うふふふ～！　芳乃ちゃ～ん！　もう来てたんですね～！」

すりすり、と奈良の慎ましい胸元に、その顔面を擦りつけるとがり。「芳乃ちゃんと会うの、すっごく久しぶりです～！　東月ちゃんの前の、私の御主人さま～！　嬉しい～！」

「……ははっ。もう、本当に甘えん坊さんだな～、キミは」

困ったように言いつつ、奈良はとがりの頭を、優しく撫で返す。

「……ちょっと芳乃」

が、そんな二人のやり取りを、なにやら険しい目つきで見つめている少女が一人。

羨望桜である。「ねえ。前にも言ったけど、そんな気味の悪いガキに、あんまりベタベタさせたら駄目よ。危険だわ」

「……え？」

「もうちょっと警戒心を持ってよ。そいつ、筆記用具なのよ？」

じろり、ととがりを睨み付けつつ、羨望桜は言う。

「いや、自分で言ってても意味不明なんだけど、とにかくそいつは筆記用具なの。私たちみたいな〈実現〉嘘ですらない、正真正銘の化け物よ。片時も気を許すべきじゃないわ」

「……ええ～？」一方の奈良は、露骨に面倒くさそうな声を漏らして、「いや、そんな酷いこと言うなよ、羨望桜。そりゃあ私だって、旭川から帰ってきて、正式にとがりちゃんを紹介されたときはぶったまげたけどさ。別に正体が筆記用具だろうとなんだろうと、どうでもいいじゃん。この子こんなに可愛いんだし。なにより、私にめっちゃ懐いてくれてもいるわけだし」

「はーい！　とがりは芳乃ちゃんにとっても懐いてま～す！」

やはり甘えたような声で言うとがりだった。「流石にぶっちぎり一番は東月ちゃんですけど～！　芳乃ちゃんには、昔すごく大切にしてもらった思い出があるので、東月ちゃんの次くらいには好きです～！　サラ子さんと同率2位です～！」

「ははっ。サラ子さんと同率2位かい。そいつは光栄だね」

「ちなみに言うまでもなく、ぶっちぎり最下位はでたらめちゃんさんです～！　論外なのは敗さんです～！」

「……ちょっととがりちゃん。一番とか二番とか、他人様に対して、そんな風に順位をつけるものじゃないよ。失礼だろう？」

どこまでも奈良に甘え続けるとがりに、やんわりと注意の言葉をかけるのは、サラ子である。「……あれ？　そういえば今の話で思い出したけど、敗ちゃんの姿が見えないね」

サラ子はきょろきょろ、と不思議そうに部屋の中を見回して、

「あの子は、今日のパーティーには参加していないのかい？」

「……は？　サラダ油、あんた正気なの？」

呆れたように、羨望桜が言葉を返していた。

「あんな奴がこの場にいたら、お好み焼きどころじゃなくなるわよ。団欒の対概念みたいな女なんだから。そもそも当人が、こんな馴れ合いの会には参加したがらないだろうし」

「……ええ～？　そうなのかい？　なんだか残念だね。せっかく皆揃ってのパーティーなのに、一人だけ仲間外れなんて。まあそれを言い出したら、今日は猟子もバイトで欠席なわけだけど」

「…………」

などと、和気あいあいと語り合う少女たちの姿を、海鳥は丸テーブルの前で、ぼんやりと眺めている。

「……海鳥？」

そんな海鳥の様子に気づいた奈良が、やはり心配そうに声をかけていた。

「どうしたの、ぼーっとしちゃって？　言った傍から、またまた考え事？」

「……。ううん、そうじゃないよ」

奈良の問いかけに、海鳥は苦笑いを浮かべて、

「ちょっと感慨に耽っていただけ……私の部屋も、随分賑やかになったな～って」

◇◇◇

「ええと、でたらめちゃんが海鳥の前に現れたのが、確か四月の中頃だったから……」

ソースだけがついた空の皿を、箸で突きつつ、奈良は言う。

「まだたった三か月前の出来事でしかないんだね～。なんだか信じられないよ。もっと大昔のことのように感じられる」

などという彼女の周りからは、既に何人かのメンバーが席を外している。

まず、とがりとサラ子の食材人間コンビは、今は洗面所で歯を磨いているところだ……

二人とも、胃が小さいのですぐお腹いっぱいになり、そのせいで眠たくなってしまったらしい。どちらも既にパジャマ姿で、寝る準備は万端という様子である。

そして、寝ぼけたとがりに頭からソースをぶちまけられて、羨望桜が慌てて風呂場に飛び込んでいったのが、つい先ほど。「あ、あのクソ筆記用具！　芳乃の見ていないところで、いつか痛い目見せてやるわ！」などという恨み節が、浴室から途切れ途切れに漏れ聞こえてきているが、彼女がリビングに戻ってくるまでには、それなりの時間を要するだろう。

つまり、現在丸テーブルに残っているのは、三人だけ。

海鳥東月、奈良芳乃、そしてでたらめちゃんの三人である。

「あの日もあの日で、私たちにとっては、青天の霹靂のような出来事のオンパレードだったけどさ。そんな体験が、今日に至るまでもう何回かあったって言うんだから、とんでもない話だよね〜」

「……うん、本当にね」

感慨深げな奈良の呟きに、傍らの海鳥も頷き返して、

「四月の一件の後っていうと、次の事件は、ゴールデンウィークの五月三日だよね。とがりちゃんの登場と、でたらめちゃんの気絶から始まった、『サラダ油事件』」

「……ああ。あの、私が旅行から帰ってきたら、ぜんぶ終わってたやつね」

と、急に拗ねたような口調になって、奈良は呟く。

「本当にびっくりしたよ。あれほど『ゴールデンウィークは何もしないで』って言い含めておいたのに、いざ帰ってきたら二回目の〈嘘殺し〉はとっくに終了していて、しかもキミの周りに新しい女の子が二人も増えているっていうんだからさ」

「……っ！　だ、だから、ごめんってば奈良。あの件は完全な不可抗力だったたって、何回も説明したでしょ？」

「……ふん、まあいいけど。で、次は六月だね」

不満げに息を漏らしつつ、奈良は話を続けていく。

「これは直近のことだから、正直そこまで過去って感じもしないよね。神戸を飛び出して、六月の西宮北口で行われた、第三の〈嘘殺し〉」

「……ああ、西宮北口ね」

奈良の言葉に、海鳥は顔をしかめて、

「一回目や二回目ほどじゃないとはいえ、あのときも中々の難敵を相手にしたよね。御母堂唄羽さん。人呼んで、マタニティーミュージック専門の音楽家」

「うん。まさか妊婦の人を元気づける音楽を作り続けていた立派な作曲家さんが、あんな過激な優生思想を持っていただなんてね……まあ一回目や二回目ほど大変じゃなかったのは事実だけど」

そこで奈良は、なにやら無表情でため息を漏らして、「でもね海鳥。私は思うんだよ。結局あの一件が、今回のことの引き金になったんじゃないかって」

「……今回のこと？」

「……だからさぁ。三回目の〈嘘殺し〉って六月だったじゃん？」

奈良はうんざりしたような口調で言う。

「つまり、一学期の期末試験前！　そんなタイミングで、マタニティーミュージック専門の音楽家なんていう、頭のおかしい女の人を相手にしていなかったら……！」

「……していなかったら？」

「……私の期末試験の点数も、ちょっとはマシだったんじゃないかって話！　もう、皆まで言わせないでよ！　大体察しつくでしょ!?」

ばたばたっ、と子供のように、両手を振り乱す奈良だった。

「その辺の事情を全然知らない先生や親に、今回の成績のことでお説教されるのは、ちょっと釈然としないっていうかさ～」

「……。いや、なに言ってるの奈良？」

奈良の捲し立てに、海鳥は呆れたように息を吐いて、

「あのね奈良。言わせてもらうけど、そんなのただの言い訳だよ？　それを言い出したら、私は奈良とまったく同じ条件で、ちゃんと試験を乗り切っているわけだからね」

「……っ！　そ、それは確かに、そうかもしれないけど……」

「ちなみに、そういう海鳥さんは成績どうだったんですか？」

と、ホットプレートの前で黙々とお好み焼きを焼き続けていたでたらめちゃんが、久しぶりに口を開く。「奈良さんの成績が見るも無残だったのは、さっきも聞きましたけど……海鳥さんの方も、成績表は返されたんでしょ？　今日の終業式で」

「ああ、うん。学年3位だったよ」

事もなしげに海鳥は答える。

「ちょっと数学で取りこぼしちゃって、思っていたより点数は伸びていなかったんだけどね。そこは二学期の反省点かな」

「……はっ！　あ〜、羨ましい羨ましい！」

肩を竦めるようにして、ぼやき声を漏らす奈良だった。「そんな冗談みたいな順位を毎度取る人間には、私みたいな持たざる者の気持ちなんて、分かりっこないだろうね！　そんなに点数高いなら、ちょっとくらい私に分けてくれたって、罰は当たらないのにさ！」

「……いや奈良。試験の点数ってそういうものじゃないから」

海鳥は半眼になって、奈良を見つめる。

「大体ね、奈良はあまりにも、普段から勉強をしな過ぎなんだよ。毎日ちゃんと予習して復習すれば、学校の試験なんて、難しくもなんともないんだから――」

「……あーあー、やめてやめて。パーティーで正論なんて、一番聞きたくないことだよ」

両手の指で耳を塞ぐようにしつつ、奈良は海鳥の言葉を遮っていた。

「それにさ海鳥。言わせてもらうけど、私が不得意なのは、あくまでも学校でお勉強するような内容だけだからね。それ以外のことについては、むしろ私の方が物知りなくらいかもしれないぜ？」

「……それ以外って？」

「たとえば――」

と、奈良は少し思案するように視線を彷徨わせたあと、自分の目の前に置かれた、ソースだけのついた取り皿に目を落として、「そうそう！　さっきの『そばめし』だよ！　海鳥、そもそも『そばめし』って、どういう風に誕生した食べものか、知ってるかい？」

「……？　いや、分からないけど」

「実は『そばめし』ってね。この神戸で生まれた食べものなんだよ」

「えっ？」

「いわゆる、ご当地グルメってやつ。知らなかったでしょ？」

得意そうな声音で、奈良は言い放つのだった。

「市内のお好み焼き屋さんで、常連のお客さんが家から白ごはんを持って行って、焼きそばと一緒にお店の人に炒めてもらったのが最初なんだって。まあそんな経緯でもないと、焼きそばとごはんを一緒の鉄板で炒めようとか、普段思いつかないだろうしね」

「……ふぅん、なるほど。それは興味深いお話ですね」

お好み焼き作りの最中のでたらめちゃんも、感心したように頷いて、

「でも確かに、言われてみれば『そばめし』って、神戸以外ではそこまで見かけるメニューじゃない気もしますね」

「でしょでしょ？　私は、数学の公式やら英語の文法やらはさっぱりな分、こういうことは、よく知ってるんだ！」

「…………」

が、そう自信満々に語る奈良を、傍らの海鳥は、露骨に胡散臭そうな目で眺めている。

「……ねえ奈良。それ、本当に本当の話？　他所で誰かに話してもいいやつ？」

「――!?　海鳥、キミってば私のことを疑うのかい!?」

海鳥の問いかけに、奈良はショックを受けたように、大げさに肩を落としてみせる。

「ふん、いいさ！　そんなに私のことが信用できないんなら、インターネットで検索でもなんでもやってみたらどうだい？　それでキミの気が済むんならさ！」

「……うん、そうさせてもらおうかな」

真顔で頷きつつ、奈良から視線を外して、手元のスマートフォンを操作し始める海鳥。

「はあ～。まったく、困っちまうよね～。人をこんな簡単に嘘吐き呼ばわりするだなんてさ～。私くらい正直な女も、中々いないっていうのに」

「…………」

「……で？　どうなの海鳥？　何か見つかった？」

「……うん。検索したら、今ヒットしたけど」

スマートフォンの画面を視線を落としたままで、海鳥は答える。

「『そばめしの成り立ち』ってサイトに、こんなことが書かれてあるね。『そばめしは元々、あるお好み焼き屋さんで、常連のお客さんがそれぞれ自宅から白ごはんを持ち寄って、それを焼きそばと一緒にお店の人に炒めてもらったのが始まりです』って」

「──っ！　ほら、見たことか！」

鬼の首を取ったように叫ぶ奈良だった。「よくも人を嘘吐き呼ばわり──」

「──でも、そのお好み焼き屋さんは、神戸のお店じゃないんだって」

「……え？」

「神戸じゃなくて、加古川なんだって」

淡々とした口調で、海鳥はスマートフォンの文章を読み上げる。「少なくともこのサイトには、そうはっきり書いてあるよ。神戸市なんて、どこにも書かれてないかな」

「………え？」

途端、呆然したように声を漏らす奈良だった。「……？　ちょ、ちょっと待って海鳥、そんな筈ないよ！　だって私、そばめしが神戸生まれだって話は、確かに誰かに聞いたことが……」

「……誰か？　誰かって、誰に？」

「…………ええと」

奈良はあからさまに言い淀んでしまう。「……あれ？　だ、誰に聞いたんだっけ？」

「……奈良」

そんな彼女を、心から憐れむように見つめる海鳥。

——と、そんなときだった。

ブブッ！

海鳥の握りしめていたスマートフォンが、不意に振動していた。

「……え？」

海鳥は驚いたように、再び画面に目を落として、

「——げっ！」

次の瞬間、その表情を思い切り引きつらせていた。「う、嘘でしょ？　こんな時間にまで、かけてこないでよ……」

「……どうしたの海鳥？　誰から？　バイト先？」

「……。いや、違うんだけど」

奈良の問いかけに、海鳥は苦々しい口調で返しつつ、その場から立ち上がって、

「ごめん。ちょっと電話してくるから」

言いながら、せかせかとした足取りで、玄関の方へ歩いていく。部屋の外の廊下で通話するつもりらしい。

「……海鳥？」

「——あれ、たぶん実家からですよ」と、戸惑いの声を漏らした奈良に、言葉をかけてい

たのはでたらめちゃんだった。

「……え？」

「確か、海鳥さんのおばあちゃんとか言っていましたっけね」

「……おばあちゃん？」

「最近、よくかかってくるみたいなんですよ。夏休み、姫路の実家に帰省しろって、催促されているらしくて」

「…………帰省？」

尚も怪訝そうに呟く奈良だった。「いやまあ、夏休みなんだから、そういうこともあるだろうけど……もしかして、それで何か揉めてるの？」

「ええ、まあ。さっきの海鳥さんの表情を見れば、誰でも察しがつきますよね」

ホットプレートに視線を落としたままで、でたらめちゃんは肩を竦めて、

「奈良さん。そもそも海鳥さんの家庭環境については、どの程度知ってます？」

「……いや、全然」

ふるふる、と首を振って、奈良は答える。「母子家庭で、母方の実家と凄く仲が悪くて、今は一人暮らしをしている……ってことまでしか知らないかも」

「なるほど。そういえば私が海鳥さんと最初に会ったとき、あの人の簡単な家庭環境を私が話しているのを、奈良さんもトイレの外で聞いていた筈ですしね。

——海鳥東月。16歳。神戸市中央区にて出生後、幼少期に母方の実家のある姫路市に移

り住み、高校入学のタイミングで単身神戸市に戻ってきた。両親は既に離婚しており、家族は母親のみ」

「……いや、その内容については、そこまで一言一句違わず覚えていたわけじゃないけど」奈良はぽりぽり、と頬を掻いて、「でも催促の電話がかかってくるってことは、海鳥は普段から、その姫路の実家とやらにはぜんぜん帰省してないわけだ」

「去年のお盆やお正月も、なんのかんの理由をつけて帰っていなかったみたいです。そのせいで、今年の夏は流石に顔を見せに来い、という流れになっているらしくて」

「……なるほどねぇ」うんうん、と頷く奈良、「考えてみれば、海鳥にも保護者っているんだよね。あの子、ふだん一人暮らしなんかしているものだから、ついつい忘れちゃいそうになっちゃうけど」

「いくら海鳥さんがしっかりしていると言っても、まだ未成年である以上、家庭のしがらみから完全に逃れることは出来ませんからね。

とはいえ、正直私も、海鳥さんはこの夏一度帰省すべきだと思うんですけどね」

「……？　なんでそう思うの？」

「簡単な話ですよ」

ちらり、と玄関の方に視線を向けつつ、でためちゃんは言うのだった。

「姫路の家には、海鳥さんのお母さんだって暮らしているんですから。いくらなんでも、年に一度くらいは顔を見せてあげないと、親不孝というものでしょう」

「…………！」

無表情のまま、息を呑む奈良。

「…………海鳥の、お母さん」

それは彼女にとって、実は少し前からずっと気になり続けている、心のしこりだった。

2　過去と加古川

海鳥東月と、でたらめちゃん。

彼女たちが初めて出会った日から、早三か月半。

即ち、彼女たちが二人暮らしを始めてから、早三か月半。

もっとも、五月の頭に新しいメンバーが二名ほど加わったので、現在は二人暮らしではなく四人暮らしである。そもそも四月の時点で『三人目』だった『彼女』を計算に入れるなら、五人暮らしということにもなる。とはいえ、『彼女』は基本的にでたらめちゃんの身体の中から出てこないため、他の四人と生活を共にしているとは言えない。つまり、厳密には五人暮らしだが、実質的には四人暮らし。

そして、一つの部屋で女子が四人も暮らしていれば、当然のごとく発生するものがある。

それはたとえば――大量の洗濯物。

「…………」

ある昼前のこと。

脱衣所にて、でたらめちゃんは、苦々しい表情で佇んでいた。

彼女の視線の先にあるのは、山のような衣類の詰め込まれた、洗濯かごである。

「…………はあ」

でたらめちゃんはため息をつきつつ、かごの中から、一枚の衣類を摘まみ取る。

「…………っ！」

それは恐らく、靴下、なのだろう。

恐らく、というのは、あまりにも乱雑な脱ぎ方をされているため、そのくちゃくちゃに丸まった布の正体がなんなのか、一見して判別するのが難しいためだ。

「…………ああ、もうっ！」

うんざりしたように叫んで、靴下を放り投げてしまうでたらめちゃん。

しかし、丸まった靴下はその一つばかりではなかった。

視認できる範囲だけでも、洗濯かごの中には、同じ状態の靴下がいくつも投げ捨てられている。

「……本当に、もうっ！」

と、そんな丸まった靴下たちを眺めつつ、でたらめちゃんはまた叫んでいた。「これまで何回も、何回も、何回も言ってきたのに……！　いい加減にしてくださいよ！　流石の私も、我慢の限界です！

……。ちょっと、聞いてるの？　私はあなたに言っているんだけど？」

言いながら彼女は、とんとん、と自らの胸を叩いて、

「とがりちゃん！　ウェイクアップ！　今すぐ出てきて！　とがりちゃん！」

《……うーん？》

そんな、いかにも眠たそうな声が、でたらめちゃんの胸元から返される。

《……なんですか～？　人が気持ちよく寝ているときに～》

そして、次の瞬間だった。

でたらめちゃんの身体から、別の少女の身体が、にょきにょきにょき、と生えてきて——洗濯かごの前にすとんと降り立っていた。

パジャマ姿の、青い髪の少女である。

「ふわ～。眠い。今何時です……？」

彼女は口元に手をそえつつ、欠伸まじりの声を発する。

「もしかして、もう朝ごはんですか……？」

「……いいえとがりちゃん。残念ながら、朝ごはんの時間はとっくに過ぎてるよ」と、自らの身体から分離したばかりの青髪の少女——土筆ケ丘とがりを、刺すような目つきで睨み付けるでたらめちゃん。「今はもう、どちらかと言えばお昼時かな。洗濯機を回し始めたら、お昼ごはんを作り始める予定なんだけど」

「……はあ、そうなんですか。だったら、お昼ごはんが出来てから起こしてくれたら良かったのに」

ごしごし、と目を擦りつつ、とがりは不満そうな口調で言う。「……で、何の用ですか、でたらめちゃんさん？　私、昨夜は遅くまでサラ子さんとお喋りしていたので、まだ眠いんですよ。出来れば今すぐ戻って、寝直したいんですけど」

「ううん、駄目だよ」

でたらめちゃんは険しい声音で返す。

「呑気に私の中で寝ている場合じゃないよ、とがりちゃん。今からお説教だから」

「……お説教？」

「この靴下を見て」

でたらめちゃんは言いながら、洗濯かごの中から、再び丸まった靴下を摘まんで、

「ねえ、とがりちゃん。この靴下は、間違いなくあなたの脱いだものだよね？」

「……？　まあ、はい、そうですね」

「じゃあ、私が何を言いたいか、分かるよね？」

「………？」

「……ぬ・ぎ・か・た！」

一音節ごとに区切るようにして、でたらめちゃんは叫んでいた。

「この脱ぎ方はやめてって、私今日まで何回も、何十回もあなたに注意してきた筈だよね!?　なんで、いつまで経っても直らないの!?　私、もううんざりなんだけど！」

「………ああ」

でたらめちゃんの剣幕に、とがりは尚も寝ぼけ眼のまま、ぼんやりと頷き返して、

「それはなんというか、すみません、でたらめちゃんさん。私、それを脱いだときはぼーっとしていたみたいで――」

「駄目だよ！　今日という今日は、そんな言い訳では許してあげない！　私も堪忍袋の緒が切れたからね！」

「………」

「ねえ、ちゃんと分かってる？　洗濯する人がいちいち元に戻さないといけないんだよ？　とがりちゃんのために、わざわざ！」

でたらめちゃんは鼻息を荒くしつつ、またも洗濯かごへと手を伸ばし、今度は別の靴下をつかみ取って、

「ほら、見てよこの靴下！　海鳥(うみどり)さんの脱いだ靴下だけど！」

ひらひら、ととがりの正面で、靴下を掲げてみせるでたらめちゃん。

「とがりちゃんとは大違いだよね！　洗う人のことを考えて、きちんと綺麗(きれい)に脱いでくれてるよ！　もちろん海鳥さんだけじゃなく、サラ子さんも、当然私もそうしてるよ！　ちゃんと出来ていないのは、とがりちゃんだけ！」

「………」

「まあ、とがりちゃんは生身になって日が浅いから、私もあんまり強い言い方はしたくないんだけどさ！　でも、サラ子さんには出来てることだからね！　自分一人だけ、こんな子供みたいな靴下の脱ぎ方で、恥ずかしくないの!?」

「………はあ。ですから、本当にごめんなさいってば」

と、心の底から面倒くさそうに、誠意ゼロの謝罪を口にするとがり。「……あれ？　そ

ういえば、東月ちゃんはどこですか？」

「……え？」

「部屋の中のどこにも、東月ちゃんの気配を感じないんですけど」

「……ああ」

でたらめちゃんは頷いて、

「海鳥さんなら、今は部屋にいないよ。ついさっき、奈良さんと遊びに出かけたから」

「……えっ!?」

「今朝、奈良さんから急に誘われたらしいよ。近くのお店に、かき氷を食べに行くんだって」

「…………っ！」

途端、とがりの表情から眠気が吹き飛んでいた。「……な、なんですかそれ！　め、めっちゃ私も行きたかった……っ！　な、なんで起こしてくれなかったんですか!?」

「……知らないよそんなの」

素っ気なくでたらめちゃんは言葉を返す。「海鳥さんが出発する前に、一応声はかけてあげたのに、ぐーすか寝ていたとがりちゃんが悪いんでしょ？」

「……っ!?」

ぎろり、ととがりはでたらめちゃんを睨み付けて、

「……はあ〜！　ほんっと使えないです、このネコ……！　人の起こしてほしいときに起

こさないで、特に起こしてほしくないときに起こすとか……！」

「……とがりちゃん。とりあえず今、海鳥（うみどり）さんのことはどうでもいいから」

とがりを半眼で見返しながら、でたらめちゃんは諭すような口調で言う。

「あなたが今やるべきことは、たった一つだけだよ。いい？　この裏返った靴下、ちゃんと自分の手で、全部元に戻して——ひゃあっ!?」

が、そんな説教の文句を、彼女は最後まで言い終えることが出来なかった。

それより早く、とがりが着ていたパジャマの上を脱いで、でたらめちゃんの顔面に投げつけてきていたからだ。

「……っ!?　ちょ、ちょっととがりちゃん!?　急になにするの!?」

「……いえ。寝起きから凄（すご）く気分が悪いので、朝風呂にでも入ろうかと思いまして」

そう答えるとがりは、既に上半身は裸であり、下半身のハーフパンツにも指をかけているところだった。

そして気だるそうな目つきで、脱衣所の隅に置かれた洗濯機を見つめて、「今から洗濯機回すところなんですよね？　なら、そのパジャマもついでにお願いしますね」

「…………っ！」

あっけらかんとしたとがりの物言いに、ぱくぱくと口を動かすだけで、二の句を継げなくなってしまうでたらめちゃん。

そんな彼女の顔面に、今度は、ハーフパンツが投げつけられる。

「…………〜〜〜っ！」

ぱさっ、とそのまま地面に落下したハーフパンツに、ぷるぷると両肩を震わせつつ、でたらめちゃんは視線を落としていた。「……！　ま、また下着と一緒に重ね脱ぎしてる！これもやめてって、何回も何回も何回も何回も言ってるのに……！」

「……もう、なんなんですかでたらめちゃんさん。朝からそんなにカリカリしないでくださいよ～」

そんな風に怒りに打ち震えるでたらめちゃんに、とがりは面倒そうに息を吐く。「そんな風にしかめっ面ばかりをしていると、でたらめちゃんさんお得意のあざと～い雰囲気――もとい、可愛い雰囲気が台無しですよ？　ほら、笑顔笑顔っ！」

「…………」

「……？　でたらめちゃんさん？」

「……ねえ、とがりちゃん」

でたらめちゃんは、なにやら脱力した様子で、肩を落としていた。

「なんというか……もういい加減、やめにしない、こういうの？」

「……は？」

「も、もうそろそろ、私を許してくれてもいいでしょ……？」

そう問いかける、でたらめちゃんの表情には、引きつり笑みが浮かべられていた。

「あのときのこと、いつまで根に持つの？　私も今日まで、散々謝ってきたでしょ？　知

らなかったこととはいえ、実は自我の芽生えていた鉛筆を海鳥さんに捨てさせようとして、本当に申し訳なかったって……」

「………」

「海鳥さんやサラ子さん、奈良さんに対しては、あんなに懐いてるのに……なんで私に対してだけ、いちいち因縁つけてきたり、つっけんどんな態度取ったりするの？　私、凄く悲しいんだけど。もっと普通に、仲良くできないかな？」

「…………」

と、弱々しく訴えかけてくるでたらめちゃんを、とがりはしばらく、真顔で見つめ返していたが、「……っていうか、なんなんですかその変な喋り方？」

「……え？」

「なにが『仲良くできないかな？』、ですか。でたらめちゃんさん、普段はそんな喋り方じゃないですよね？」

吐き捨てるようにとがりは言う。「なんだか東月ちゃんの口調を真似されてるみたいで、普通に腹立つんですけど。やめてもらえません？」

「………はあ!?」

その言葉に、でたらめちゃんは衝撃を受けたように、目を見開いていた。

「な、なにそれ!?　ふざけないでよ！　どの口がそんなこと言ってるの、とがりちゃん！」

両手をばたばたと振り回しながら、彼女は大声で怒鳴り返す。

「と、とがりちゃんのために、私はわざわざこんな喋り方してあげてるんでしょ!?」

「…………」

「私は本当は、あなたと同じで敬語口調が素なのに！　『口調が被っているのが気に食わないので、私の前でだけ喋り方変えてください』とか、あなたが意味不明な因縁つけてくるから！」

「……ええ、それはもう本当に気に食わないですね」

　とがりは深々と頷いて、「私、何か一つでもでたらめちゃんさんと被っているとか、堪えられないので。なんか私までぶりっ子みたいになっちゃうじゃないですか。本当、でたらめちゃんさんが被るのは、ネコとネコミミパーカーだけにしてくださいって感じです」

「…………！」

　どこまでも人を舐め腐ったようなとがりの物言いに、でたらめちゃんはもはや返す言葉もないという様子で、身体を震わせている。

　そして、そんなでたらめちゃんをよそに、服を脱ぎ終えたとがりは、そのまま脱衣所の真横にある浴室へと飛び込んでしまう。

　脱衣所には、靴下を握りしめたままの、でたらめちゃんだけが残される。

「……なんなのっ!?　なんなのっ、なんなのっ、あの子!?」

　だんだんっ、とフローリングを蹴りつけながら、でたらめちゃんは怨嗟の声を漏らすのだった。

「だ、大体、喋り方が気になるなら、普通はそっちを変えるのが筋でしょ……!?　私の方が先だったんだから……!　そっちが二番煎じなんだから……!」

カタ、カタ、カタ、カタ、カタ。

そんな、小気味の良い音が、室内に響く。

ノートパソコンのキーボードを叩く音である。

叩いているのは、丸テーブルの前に腰を下ろした、でたらめちゃんだ。

「…………」

パソコンの画面を覗き込む彼女の表情は、真剣そのものだった。

その画面上に表示されているのは、検索エンジン——どうやらインターネットを使って、なにかを調べようとしているらしい。

「……?　なにしてるんですか、でたらめちゃんさん?」

と、そんな彼女の背後から、とがりが不思議そうに声をかけてくる。

なお、とがりは首からバスタオルをぶらさげているだけで、まだ服は着ていない。

「……とがりちゃん」

苦々しい表情で、でたらめちゃんは素っ裸のとがりの方を振り向いて、「まーたそんな格好で部屋の中ウロウロして……髪もちゃんと乾かせてないし……」

「えー？　別にいいじゃないですか～。おうちの中なんですから～」

とがりは軽い調子で返しつつ、でたらめちゃんの両肩に手を乗せてくる。

「それより、質問に答えてくださいよ！　もしかして、通販サイトで買い物ですか？　だったら私、買ってほしい服とかあるんですけど～！」

「……ほんっと調子いいよね、とがりちゃんは」

肩を元気よく揺すってくるとがりに、でたらめちゃんは呆れたように息を吐いて、「……残念だけど、買い物なんかじゃないよ。ちょっと気になることを調べてただけだから」

「……気になること？」

とがりはきょとんとした表情で、パソコンの画面へと視線を移す。

画面の検索ボックスには、こう打ち込まれていた。

『そばめし　発祥地』

「…………そばめし？」

画面を見つめたまま、怪訝そうに首を傾げるとがり。

「うん……たぶんとがりちゃんは、あのときは歯を磨いていたから、知らないと思うんだけどさ」同じく画面に視線をやりながら、でたらめちゃんは言う。「この間のお好み焼きパーティーの日に、奈良さんが言っていたんだよね。『そばめしは、神戸のご当地グルメだ』って」

「……『そばめし』って、あの夜でたらめちゃんさんが作っていた、焼きそばと白ごはんを混ぜて炒(いた)めた料理のことですよね？」

とがりは眉をひそめて、

「え？　あれ、神戸のご当地グルメだったんですか？」

「……いや、それがね」

でたらめちゃんは言いながら、画面をスクロールさせ、検索結果一覧の表示されたＵＲＬの一つをクリックしていた。

瞬間、画面が切り替わり、リンク先のｗｅｂページが表示される。

『そばめし　～加古川(かこがわ)市が生んだ、伝統のご当地グルメ～』

「……んん？」

さらに困惑した様子で、とがりはｗｅｂページを見つめていた。「え？　ちょっと待ってくださいでたらめちゃんさん。神戸じゃなくて、加古川って書いてありますよ？」

「…………」

「加古川って確か、神戸の隣の隣の市ですよね？」

「……うん、そうなんだよ」

でたらめちゃんは頷き返していた。「この情報自体は、お好み焼きパーティーの日に、海鳥さんが調べてくれてね。だから『そばめしが神戸のご当地グルメ』っていうのは、ただの奈良さんの勘違いだったってことで、話は終わったんだけど……」

「……けど？」

「………」

でたらめちゃんはそこで、とがりの方を振り向いて、

「……ねえとがりちゃん。ここに書いてある内容って、本当に本当のことなのかな？」

「……え？」

「私もそのときは、『奈良さんの勘違い』ってことで、納得したんだけどね」

ふるふる、と首を左右に振りつつ、でたらめちゃんは呟くのだった。「なーんか、気持ち悪いんだよ。凄く重要なことを、見落としてしまっているような気がして」

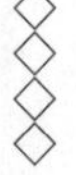

「はあ!? 一人暮らしをしたいやて!?」

それは、ほとんど恫喝のような声音だった。

甲高い、女性の声だ。

「何をアホなことを言い出しとるんや、あんた！ そんなん、あんたみたいな子供に出来るわけないやろうが！ ふざけとんのか！」

「…………っ！」

女性の怒鳴り声に、畳の上で正座している少女――海鳥東月は、びくっ、と身体を縮こまらせる。

そこは大量の畳が敷き詰められた、広大な座敷、だった。

高い天井の下、数名の男女が、円を描くようにして畳に腰を下ろしている。

「大体、いくらかかると思っとんのや！　あんたみたいな子供が、学校の片手間にアルバイトしたくらいで、用意できるような額とちゃうねんで！」

「…………は、はい」

尚も女性に言い立てられて、海鳥は震えながら言葉を返す。

「確かに、叔母さんの言う通りだと思います。生活費を全部自力で用意するのなんて、まだ15歳の私には、絶対に無理な話です……だから私、お願いがしたくて……！」

「……ああ!?　お願いやと!?」

「お、お金を貸してほしいんです。私が、高校生の間だけ……！」

今にも泣き出しそうになりつつ、しかしはっきりとした声音で、海鳥は言い放っていた。

「かかる費用は全て、大人になったら、耳を揃えて返します……！　必ず返します……！　ひ、必要なら、借用書を書いたって構いません……！」

「……あんた、頭おかしなったんか？」

底冷えするような声音で、女性は問いかけてくる。

「金を貸してほしいやと!? アホ抜かせ! なんで私らが、あんたに一人暮らしをさせたるために、そんなことしたらなあかんのや!?」

「…………〰〰っ!」

「──なあ、東月(とうげつ)。まずは理由を言えや、理由を」

と、そんな二人のやり取りを遮るように、横合いから別の声音が響いてきていた。

こちらは、男性の声である。

「許す許さん以前に、あまりにも意味が分からん。なんで一人暮らしなんかする必要があるんや? この家からは通われへん範囲に、行きたい高校でもあるんか?」

「……いいえ、違います叔父さん」

首を左右に振りつつ、海鳥(うみどり)は答える。

「こ、これ以上、堪えられないからです……! この姫路(ひめじ)の家で、叔父さんや叔母さんたちと、暮らしていくのが……!」

「…………なんやと?」

海鳥の返答に、男性の声のトーンが、一段低くなる。

が、続いて彼が、何か言葉を発するよりも先に──

「東月っ! あんた、大概にせぇよ!」

座敷に響き渡っていたのは、またも女性の金切り声だった。

「お、お前は何様なんじゃ……! これまで散々私らの世話になってきた、ごく潰しの癖して……！　もう私らと暮らすのが嫌やから、家を出て行きたいやと……!?」

「…………」

「忘れたんか!?　私らが拾たらんかったら、お前は六年前に野垂れ死んどったんやぞ!?　あのガラクタの母親と一緒に！」

「…………っ！」

「……なるほどな」

と、女性とは対照的に、男性は冷静な調子で呟いて、

「よう分かった。別にその気持ちについては、俺はどうこう言うつもりはない。お前が俺らのことをどう思おうが、お前の自由や。

その気持ちを隠せとも、今さら当然言わん。お前にはそんなこと出来へんからな」

吐き捨てるように男性は言う。「お前のその『体質』が虚言の類でないことは、この五年間の共同生活で、俺らも嫌というほど思い知っとる……ほんまに気味の悪いガキやで」

「…………」

「ただな東月。家族が嫌いやから、家を出ていきたいです。そんな子供の理屈が通じるほど、社会言うんは簡単なものやないんや。

女子高生に一人暮らしをさせる……そんなことをしたら、叔父さんたちが世間からどんな風に見られるか、お前はちゃんと考えたんか？」

「…………」

「もちろん、高校に行かずに働き始める、言うんもナシや。この家から、そんな人間を二人も出すわけにはいかんからな」

「…………」

「俺の言うてること、理解できるよな？　お前は、お前の母親と違って、頭の出来そのものは悪うないねんから」

「……叔父さん。でも私は――」

「――っていうか、東月ちゃんもちょっと酷ない～？」

そして、また別の声。

「一人暮らしってことは、自分のお母さんは、この家に置いてけぼりにするつもりなんやろ～？　自分が出て行きたい、言うてる家に、たった一人だけ～」

間延びした、どこか人を小馬鹿にするような、若い少女の声音だった。

先ほどまでの男性や女性の声と比較すると、明らかに声が幼い。

恐らく海鳥と同年代か、やや年下と言ったところだろう。

「うふふふふっ！　冷たいわ～、東月ちゃん！　まさか自分の従妹が、こんな冷酷な人間やねんておもてなかったわ～！　ここまでの親不孝もそうそう聞かんで～！　いくらあのおばさんが、もう使い物にならへんから、言うて～！　うふふふっ！」

「……南月ちゃん」

心から愉快そうに笑う少女を、なんとも言えなそうな目で見つめる海鳥。

「ともかく、そういうことなら話は仕舞いや東月」

と、有無を言わせないような口調で、男性は言い放ってくる。

「いきなり大事な話がある、言うて、家族全員を集めたときは、なにごとと思ったが……そんなアホな話をしたいんやったら、せめて高校を卒業してからにせえ。ガキの戯言に付き合っとられるほど、俺らも暇とちゃうねん」

「……っ！　お、叔父さん！　待ってください！」

海鳥は、勇気を振り絞るようにして叫んでいた。「じ、自分でも、凄く無茶を言っているって自覚はあります……！　でも私、どうしてもどうしても堪えられなくて――」

「くどい。お前が何を言おうが結論は変わらん。どれだけ嫌やろうが、高校三年間はこの家で暮らせ」

「…………っ！」

「――別に構わへんで」

が、そんなときだった。

座敷の一番奥から、空気を一変させるような、凛とした声音が響いて来ていた。

「……え？」

海鳥は、弾かれるように頭を上げる。

「……おばあちゃん？」

「別に私は構わへんで、東月。あんたがこの家を出て行きたい、言うんやったら、出て行っても」

力強い、老婦人の声だった。

相手を恫喝（どうかつ）するわけでもない。声量自体、そこまで大きいというわけでもないのだが、しかしどういうわけか聞く者に緊張感を与える、不思議な声音である。

「はあ⁉　お義母（かあ）さん⁉　急に何を言いよるの⁉」

「そ、そうや！　許してええわけないやろ、そんなもん！」

老婦人の一言に、途端に慌てたように声を荒らげる、男性と女性。

「あんたらの意見は聞いてへん」

が、老婦人は取り合わない。「この家の家長は私や。東月（とうげつ）の身の振り方の決定権は、当然私にある。誰にも文句は言わせん」

「…………！」

「女子高生を一人暮らしさせたらあかん、言う法律はあらへん、違うか？」

黙り込んでしまった二人を他所（よそ）に、老婦人は言葉を続けるのだった。

「出て行きたい言うてる人間に、辛気臭い顔で三年居座られても、鬱陶しいだけや——そもそも私は、東月がこの家におってもおらんでも、どっちでもええからな」

◇◇◇◇

「で、その実家に帰って来いって言われてるわけだ」

「……うん」

奈良の問いかけに、海鳥は力なく頷き返していた。

「まあ実家って言っても、私が実際にそこで暮らしていたのは、10歳から15歳までの五年間だけなんだけどね」

飲食店の店内の窓際のテーブル席に、向かい合うようにして、海鳥と奈良は腰を下ろしている。

テーブルに置かれているのは、ガラスの容器に山盛りに盛られた、かき氷である。

ちなみに、海鳥の前に置かれているのがブルーハワイのシロップで、奈良の方はイチゴのシロップだった。

「今話した通り、姫路の家では、叔父さん一家と一緒に暮らしていたんだけどさ。私、その人たちが本当に苦手で。

叔父さんと、叔父さんの奥さんと、その娘なんだけどね。三人とも、それぞれまったくの別ベクトルで付き合いづらいんだよ」

「……別ベクトル？」

「叔父さんの奥さんはうるさくて、叔父さんは感じ悪くて、従妹の子は性格が陰険なの」

ブルーハワイのかき氷にスプーンを突っ込みつつ、海鳥はうんざりしたような声音で言う。

「……なるほど。海鳥がそこまで言うくらいだから、よっぽどなんだろうね、その人たち。

今の話を聞いただけでも、ややこしさが伝わってくるようだったし」

「本当だよ～。出来ればもう、一生会わずに済ませたいくらい。そういうわけにもいかないんだろうけどさ～」

言いながら、スプーンを口の中に入れ、かき氷をしゃりしゃりと咀嚼し始める海鳥。内心の苛立ちを、咀嚼で治めようとしている風である。

「……まあでも、一応腑には落ちたかな」

そんな海鳥の様子を眺めつつ、奈良は頷いて、

「正直、ずっとキミの背景は気にはなっていたんだよ。女子高生で一人暮らしとか、確かに普通じゃないからね。とはいえ聞いていいことか分からなかったから、敢えて詮索することもしなかったんだけど」

「……あー、うん。まあ普通は気になるよね」

ごくん、と海鳥は、噛み終えた氷を飲み込んで、

「なんかごめんね奈良。長い間、私に気を遣わせちゃってたみたいで」

「……いや？　別に気なんて遣ってないぜ」

ふるふる、と首を左右に振って、奈良は答える。「敢えて訊かずにいたのは最初の頃だけだよ。キミと付き合っていく内に、そもそもそんなことどうでも良くなって、訊くこと自体忘れていたっていうのが本当のところさ。

で？　キミが叔父さん一家三人組を苦手なのは、よく分かったけどさ。最後の方に出て

きたおばあちゃんはどうなの？　やっぱり、その人も苦手？」

「……。苦手っていうか」

　と、そこで海鳥は、言葉を選ぶようにして、

「……普通におっかないんだよね、あの人は」

「……おっかない？」

「おばあちゃん、なんか独特の圧というか、オーラみたいなものがあってさ。まず滅多に笑わないし、かといって泣いたり怒ったりもしないし。いつも難しい顔をして、座敷の奥に座り込んでるの」

「……なんだか武士みたいな人なんだね」

「そもそも実家にいたときも、喋ったことはほとんどなくてさ。だから苦手意識とか以前に、おばあちゃんのことは、私はいまいちよく分からないっていうのが本音かな」

「……なるほど。それで、そのおっかないおばあちゃんが、数日前にキミに電話をかけてきたってわけだ」

　腕組をしつつ、奈良は頷いて、

「ちなみにそれ、もしも『ぶっち』したら、どうなるの？」

「冗談抜きで、姫路に連れ戻されることになると思うよ」

　海鳥は即答していた。

「それだけは断言できるよ。おばあちゃん、『私は本気や』ってはっきり口に出したとき

は、本当に本気だから。いくら泣いても喚（わめ）いても、何も聞き入れてくれないと思う」

「……つまり、転校しなきゃいけないってこと？」

と、やや不安そうな声音で、奈良（なら）は問いかけていた。

「海鳥（うみどり）、今の高校、辞めちゃうの？」

「……おばあちゃんは、今の高校にも姫路（ひめじ）から通えばいいって言ってたけど」

海鳥はおずおずと口を開いて、「まあ、そんなの無理に決まってるよね。神戸（こうべ）と姫路なんて、ほぼほぼ他県みたいなものなんだから」

「……だよね～」

奈良は無表情で、ふふっ、と笑い声だけを漏らして、

「そもそも学校以前に、でたらめちゃんたちが無理だよね。彼女たちと同居していることは、実家にも当然秘密なんでしょ？」

「……あ、当たり前だよ。なんて説明すればいいの？　あんな見た目未成年で、全員中身は人間じゃない女の子たちのことなんかさ」

「……だったら尚更、最後通告を『ぶっち』って選択は取れないね」

「……うん」

奈良の言葉に、がっくりと項垂（うなだ）れてしまう海鳥だった。

そこで会話が途切れ、二人の間に、若干の沈黙が訪れる。

「…………」

俯（うつむ）いてしまった海鳥を、無表情で見つめる奈良。

奈良の前では、既にかき氷がかなり溶け始めてしまっていたが、最初からそこまで興味を向けていないのか、手を付けようともしない。

「……ねえ、海鳥」

そして海鳥を見つめたままで、奈良は口を開いていた。「この際だから、これも訊（き）いておきたいんだけど——お母さんについては、どうなの？」

「……え？」

「今キミの実家には、叔父さん一家と、おばあちゃんと……それから、キミのお母さんが暮らしているんでしょ？

他の親戚と同じように、実のお母さんのことも、キミは好きじゃないの？」

「…………」

奈良の問いかけに、海鳥は、すぐに言葉を返さなかった。

彼女は驚いたような顔で、奈良を見返していた。

まさかそんなことを訊かれるとは、思ってもみなかった、という表情である。

「……ええと」

ややあって彼女は、なにやら困ったような声を漏らして、

「私は好きだよ、お母さんのこと」

と、答えていた。「でも、お母さんが私のことをどう思っているかは、ちょっと分から

ないかな」

「……どういう意味？」

「そのままの意味だよ。私にはもう、お母さんのこと、よく分からないから」

「………？」

「姫路の家にいたときも、お母さんとは、おばあちゃん以上に会話がなかったからね。最後にまともに話したのなんて、いつだったかさえ思い出せないよ。たぶん姫路の家に拾われる前――お母さんと二人で暮らしていたときのことだから、もう何年も昔の話になるんじゃないかな」

「……何年もまともに会話してないって、なんで？」

「お母さんが、そういう状態じゃないからだね」

弱々しい笑みを浮かべて、海鳥は言う。

「お母さん、私のせいで、心がボロボロになっちゃったから」

「……え？」

「嘘を吐けない娘なんかと一緒に生活したせいで、疲れちゃったから。もうずっと、お仕事もしてないんだ。だから今は、姫路の家で療養してるの」

「…………」

「……だから嫌なんだよね～、私」

言葉を失ったように黙り込む奈良を他所に、海鳥は困り顔で息を漏らす。

「私が家を出たのはさ。叔父さん一家への苦手意識以上に、お母さんのことが大きかったんだよね。私なんかが近くにいたら、お母さんの療養に悪影響かもしれないでしょ？　だから私は、姫路に帰りたくないの。お母さんと顔を合わすのが、憂鬱だから」

「…………海鳥」

ぱんっ！

「……なんて！　そんなこと言ってても始まらないんだけどね！」

そこで海鳥は、何かを仕切り直すように、軽く頰を叩いていた。「うん。奈良に話を聞いてもらって、踏ん切りがついたよ。覚悟を決めて、里帰りしてくる」

「……え？」

「どれだけ憂鬱だろうと、現実が変わるわけじゃないからね。それならもう、悩むだけ時間の無駄かなって」

ふっきれたような笑みを浮かべつつ、海鳥は言うのだった。

「本当にありがとうね奈良。今日は私を心配して、私の相談に乗ってくれようとして、かき氷屋さんに誘ってくれたんでしょ？」

「……。まあ、それはそうなんだけど」

奈良はぎこちなく頷き返して、

「……じゃあ、本当に帰るの海鳥？　たった一人で？　そんなに嫌そうにしてるのに？」

「うん。まあ帰ると言っても、一泊だけしてとんぼ返りしてくるつもりだけど」

やはり微笑(ほほえ)んだままで、海鳥(うみどり)は答える。

「一日だけなら、あの姫路(ひめじ)の家の針の筵(むしろ)みたいな雰囲気にも、堪えられなくはないだろうからさ。なにかの修行だと思って、頑張ってくるよ」

「…………」

「……？　奈良(なら)？」

と、急に黙り込んでしまった奈良の表情を、海鳥は怪訝(けげん)そうに覗(のぞ)き込(こ)んでいた。「どうしたの？」

「……あのさ海鳥」

対して奈良は、海鳥の顔を、再び見つめ返すようにして、

「それ、私もついていくわけにはいかないかな？」

「…………え？」

ぽかん、と口を開けて固まる海鳥。

奈良は尚(なお)も言葉を続ける。

「私も、キミのお母さんに会ってみたいんだけど、駄目かな？」

カタ、カタ、カタ、カタ、カタ。
窓から夕陽(ゆうひ)の差し込んでくる、マンションの一室に、ノートパソコンのキーボードを叩(たた)

く音が響く。

「…………」

音を響かせている主は、やはりでたらめちゃんである。

丸テーブルの前に腰かけた彼女は、先ほどと同じく真剣な表情で、パソコンの画面を覗き込んでいる。

「…………。やはり、間違いないようですね」

——ガチャリ。

と、そんな風に彼女が独り言を漏らすのと、ほぼ同じタイミングで、部屋のドアが開かれていた。

「ただいま〜、でたらめちゃん」「お邪魔しま〜す」

開かれたドアの向こうから姿を見せたのは、海鳥東月（とうげつ）、そして奈良芳乃（よしの）。

「……ああ、お二人とも」

彼女たちの姿を見るや、でたらめちゃんはホッとしたように息を吐いて、

「やっと帰って来てくれましたか。待ちわびましたよ。メッセージ、見てくれていないのかと思いました」

「ごめんね〜でたらめちゃん。かき氷屋さんを出た後も、色んなところに寄り道してたからさ」

玄関で靴を脱ぎつつ、でたらめちゃんに言葉を返す海鳥。「でも、びっくりしたよ。あ

なたからのメッセージに気づいたときには。一体なんなの、あれ？」

「…………」

でたらめちゃんは質問に答えず、その視線を、机に置かれた自らのスマートフォンに移していた。

液晶画面に表示されているのは、メッセージアプリのウィンドウである。『海鳥東月』と書かれたトークルームで、その画面内には、二人のやり取りらしき文章が羅列されている。

その、一番下に書かれているメッセージは、

『緊急事態です。このメッセージを見次第、大至急マンションに帰ってきてください。奈良さんもご一緒に』

「……しかし緊急事態とは、穏やかな文言じゃないよね」

そう呟いていたのは、靴を脱ぎ終わり、床の上に上がっていた奈良である。

「しかも、私までお呼びがかかるだなんてさ。でたらめちゃんの要請とあらば、無下にも出来ないから、こうして一緒に帰ってきたわけだけど」

「……すみません奈良さん。恩に着ます」

「別にいいって。このあと、予定とかあったわけじゃないしね」

奈良はひらひら、と手を振るようにしつつ、でたらめちゃんを見返して、「で？　さっそく本題を聞かせてよでたらめちゃん。緊急事態って、なんのことなの？」

「……そうですね」

奈良に問いかけられて、でたらめちゃんは、自らの横合いに視線を移していた。

「とりあえず二人とも、手を洗ったら、テーブルの前にかけていただけますか？　立って話せるような内容でもないので」

「……なんだい。本当に物々しいじゃないか」

戸惑ったような声を返す奈良。しかし彼女は言われた通り、海鳥と一緒に洗面所で手を洗った後、リビングに戻って来て、丸テーブルの前に着座する。

まず、玄関に背を向けるようにして座るのがでたらめちゃん。その右斜め前が海鳥。さらにその右斜め前が奈良。中央の丸テーブルを、三人で取り囲むような形である。

「では、さっそく話を始めていきますが」

と、二人の着座をしっかりと確認してから、でたらめちゃんは口を開いて、「まず、結論から申し上げます。既に状況は、相当にひっ迫していると言わざるを得ません。ことは一刻を争います。正直、ここまで事態が進行していたにも拘(かか)わらず、今日に至るまでその事実を把握できなかったのは、かなり手痛い失点です。私としたことが、してやられたという他ないでしょう。とはいえ取返しのつかないことを悔やんでも仕方ありません。大切なのは、今これから、どう事態に対処していくか、です」

「…………は？」

唐突なでたらめちゃんの捲(まく)し立(た)てに、呆然(ぼうぜん)と声を漏らす奈良。「……？　でたらめちゃん、いきなり何を――」

「ところで、奈良さん」

そんな奈良の声を、でたらめちゃんは遮って、

「先日のお好み焼きパーティーで、ご自身が話されていたこと、憶えていますか？」

「……はあ？」

「あの夜の奈良さん。海鳥さんとの会話の中で、『そばめし』についてのうんちくを披露されていましたよね？」

「……？　『そばめし』についてのうんちく？」

矢継ぎ早なでたらめちゃんの問いかけに、奈良はまったく意味が分からないという様子で、首を傾げるが、

「……ああ。もしかして、そばめしの発祥地についての話？」

と、すぐに言わんとすることに思い当たったのか、脱力気味に息を漏らしていた。「……。いや、確かに言ったけどさ。なんでまたその話？　私それ、出来ればもう忘れたいんだけど」

「……忘れたい？　何故ですか？」

「わざわざ説明するまでもなく、恥ずかしいからだよ。あれだけ自信満々に『そばめしは神戸名物だ！』なんて語った挙句、真実は加古川のご当地グルメだったなんて、赤っ恥もいいところさ。あんな見事に大間違いすることも、そうそうないだろうよ」

「……なるほど、『大間違い』ですか」

　でたらめちゃんは、なにやら意味深に頷いて、

「では奈良さん。確かに、そばめしは神戸のご当地グルメではなかったのかもしれませんが……逆に、『これだけは絶対に神戸のご当地グルメだ！』と断言できるものって、何かあります？」

「…………はあ？」

　またも当惑した様子で、目を瞬かせる奈良。「……？　な、なにその質問？　っていうかさっきから、ずっと何の話なの？」

「まあまあ奈良さん。深いことは考えず、ただ答えていただければ結構ですから。なにせ奈良さんは生まれも育ちも生粋の神戸っ子です。神戸のご当地グルメを三つや四つ挙げるなんて、朝飯前のことの筈でしょう？」

「……いや、そんなこと急に聞かれてもねぇ」

　奈良は無表情で、やはり釈然としなそうに腕組をしつつ、「……まあ、とりあえず思いつくのは、『ぼっかけ』や『いかなごの釘煮』とかかな。後は有馬温泉の『炭酸せんべい』も忘れちゃいけないし。それからちょっと変わりダネで言うと、『餃子の味噌ダレ』なんかも神戸のものだった筈だけど」

「……！　すごい！　よくそんなすらすらと名前を挙げられるね、奈良！」

淀みのない奈良の口調に、驚嘆したように声を上げていたのは海鳥だった。

「私、絶対にそこまでポンポン思い出せないよ！　流石は奈良、生粋の神戸っ子って感じ！」

「……ふふっ、まあ、それほどでもあるかな？」

奈良は無表情で、得意そうに鼻の頭を掻いてみせる。「この前も言ったけど、私は学校の勉強が出来ない代わりに、こういう方面は得意だからね～。まあこの間は、そう言って間違えちゃったわけだけど――」

「いいえ奈良さん」

が、そんな奈良の言葉を、でたらめちゃんは冷ややかに遮るのだった。

「お気の毒ですが、それも『大間違い』ですよ」

「……え？」

「奈良さんが今挙げられた四つの料理……『ぼっかけ』も『いかなごの釘煮』も『炭酸せんべい』も『餃子の味噌ダレ』も、なにもかも、神戸のご当地グルメなどではありません」

「…………は？」

「それらはすべて、『他の市』のものです。こう言ってはなんですが、なにか勘違いをされているんじゃないですか、奈良さん。

少なくとも、こちらのサイトには、こんな風に書かれていますよ」

カンッ！

と、丸テーブルとの衝突音と共に、テーブルの上に置かれていたノートパソコンが、でたらめちゃんによって反転させられる。

でたらめちゃんの方だけを向いていた画面が、海鳥と奈良の方に向けられる。

そこに表示されていたのは、

『加古川市　～KAKOGAWA　CITY～』


そう表記された、行政のサイトだった。

『加古川市』の文字の左隣には、円の中に三本の線が走った市章が表示されている。

三本の線は、即ち一級河川加古川のこと。

「……加古川？」

唖然としたように呟いていたのは、海鳥だった。

「……え？　は？　加古川？　なんで加古川？」

「なんでもなにも、この加古川こそ、『他の市』だからですよ、海鳥さん」

とんとん、とパソコンの液晶画面を指で叩きつつ、でたらめちゃんは言う。

「この加古川市の公式サイトの、『加古川市の文化・伝統』のページには、こうはっきりと書かれています。

『私たち加古川市は、全国でも例を見ないほどの、ご当地グルメ大国です』。『代表的なところで言えば、ぼっかけ、いかなごの釘煮、炭酸せんべい、餃子の味噌ダレ、そしてそばめしなどです』。『どれも美味しいので、全国の皆さん、是非一度加古川にいらしてくださいね～♪』」

「………」

「さて。こちらのテキスト、どう思われますか、奈良さん？」

「………！」

　でたらめちゃんの問いかけに、奈良は無表情で、わなわなと肩を震わせて、「……な、なんだよそれ？　加古川？　加古川だって？」

「………」

「い、いやいや、でたらめちゃん。流石に冗談キツいよ……！　だって、この間言ってたじゃん……加古川のご当地グルメは、『そばめし』だって……！」

「……そうですが、何かおかしなことがありますか？」

　冷静な口調で、でたらめちゃんは尋ね返してくる。「『そばめし』だけでなく、『ぼっかけ』も『いかなごの釘煮』も『炭酸せんべい』も『餃子の味噌ダレ』も、奈良さんが神戸のご当地グルメだと思い込んでいたものは全て、実は加古川のご当地グルメだったというだけの話でしょう。何もおかしな点はない筈です」

「……っ！　な、なに言ってるんだよ！　おかしいにきまってるだろ、そんなの！」

　ぶんぶん、と首を左右に振り乱しつつ、奈良は叫んでいた。

「私が神戸のご当地グルメだと思い込んでいたものが、実は全部加古川のご当地グルメだった⁉　ば、馬鹿馬鹿しい！　そんな変な偶然、あるわけないし！　だ、大体、こう言っちゃなんだけどさ〜！」

と、奈良はそこで、興奮した様子で声を上ずらせて、

「よりにもよって、加古川だよ、加古川⁉　加古川なんかに、ご当地グルメが二個も三個もあるわけないよ！　だって加古川なんだから！」

「……え、ええ？」

そんな奈良の捲し立てに、ドン引きしたように声を漏らしていたのは、海鳥である。

「ちょ、ちょっと奈良。流石にそれは、加古川の人に失礼すぎるって……別におかしくないでしょ。加古川にご当地グルメが、二個や三個あったってさ」

「——いいえ海鳥さん。それについては、私も奈良さんと同意見ですね」

「……え？」

「私も、決して加古川市を揶揄したいわけではないのですが。奈良さんが神戸のご当地グルメだと思っていたものが、一つだけならまだしも、合計五つも実は加古川のご当地グルメだったなんて、そんな偶然、普通に考えてあり得るわけがありません。

しかし、加古川市のサイトが嘘を吐くとも思えません。なにより私は、加古川市以外のサイトもくまなく検索してみましたが、どのサイトでも書いてある内容は同じでした。奈良さんが神戸のご当地グルメと主張するものは、すべて加古川のご当地グルメということにされていました。

要するに、明らかに真実ではなさそうなことが、どういうわけか、真実としてまかり通っているということです」

「…………」

「ここまで言えば、海鳥さんには、もう察しがつきますよね？」

「……まさか」

ごくり、と生唾を飲み込みながら、海鳥は呟いていた。「ま、まさか、これ全部、嘘ってこと、なの……？」

「――ええ。とても信じがたいことにね」

肩を竦めるようにしつつ、でたらめちゃんは答えるのだった。

「つまりこういうことです、海鳥さん、奈良さん。新手の〈嘘憑き〉によって、神戸市のご当地グルメが、根こそぎ盗まれようとしています」

「『被害』に遭っているのは、神戸市だけです」

でたらめちゃんは続けて語る。

「気になって調べてみたのですが、兵庫県内の他の地域――たとえば出石の出石そばや、丹波篠山のぼたん鍋などは、その地域発祥のご当地グルメのままでした。加古川市のものにはなっていませんでした。全国的に見ても、神戸市だけが『被害』を受けているのです。

そして今のところ、そのことを疑問に思っている人間は、ほとんどいません。少なくともインターネットの世界では、神戸のご当地グルメが神戸のものであったという痕跡は、綺麗（きれい）さっぱり消されてしまっています」

「…………！」

対して海鳥は、強いショックを受けた様子で、口元を手で押さえている。

「……う、嘘でしょ⁉　神戸市のご当地グルメが、ぜんぶ加古川市に盗まれちゃった⁉　そ、そんな馬鹿なことが――」

「……随分と呑気（のんき）なことを仰（おっしゃ）いますね、海鳥さん。出会ったばかりの頃ならいざ知らず、〈嘘殺し〉を三度も経験した人間の言葉だとは、とても思えません。

どんな荒唐無稽な内容であろうと、〈嘘憑き〉は全て現実に叶（かな）えてしまう。世界をねつ造してしまう。それこそが嘘の〈実現〉の恐ろしさであると、あなたは重々承知している筈（はず）でしょう？」

「…………っ！」

「……ま、待ってよでたらめちゃん！」

と、慌てたように声を上げたのは、奈良だった。「じゃあ逆に、加古川オリジナルのご当地グルメはどうなっているのさ⁉」

「……はい？」

「ほ、ほら！　なんかあったでしょ、加古川にも⁉」

奈良は無表情で、思案するように眉間を指でつまんで、

「あの、白ごはんの上にビフカツをのっけて、その上からさらにデミグラスソースをかけるっていう……な、なんて言ったかな!?」

「……もしかして、『かつめし』のこと?」

奈良の方を振り向いて、問いかける海鳥。

「——！　そう、それだよ海鳥！　あれって確か、加古川発の食べ物だったと思うんだけど!?」

「……ええ奈良さん。当然それについても、私は調べましたよ」

でたらめちゃんは真顔で頷き返して、

「結論から言えば、『かつめし』は変わらず加古川市のもののままでした。他の市のものにはなっていません。『そばめし』や『ぼっかけ』、『いかなごの釘煮』と並んで、加古川市ご当地グルメの一角として、行政からPRされているようです」

「……っ！　な、なんだよそれ！」

釈然としなそうに、床を叩く奈良だった。

「よ、他所からご当地グルメを根こそぎ奪っておいて、自分のところのご当地グルメはそのままだなんて、どういう神経だよ！」

「……気持ちは分かりますけど、奈良さん。それで加古川市や加古川市民の方々を恨むのは筋違いですよ。あくまで悪いのは、〈嘘憑き〉ただ一人なのですから」

諭すような口調で、でたらめちゃんは言う。

「とにかく現時点では、分からないことがあまりにも多すぎます。ですので、今から私の話すことは、あくまでも一つの推論として聞いてください。

まず、件の〈嘘憑き〉についてですが……彼、あるいは彼女は相当の高確率で『加古川市民』、あるいは『加古川市に深い関わりを持つ人間』でしょう。そして加古川市への、深い愛情を抱いている。便宜的に、『加古川の〈嘘憑き〉』と呼称することにしますが」

「……『加古川の〈嘘憑き〉』」

でたらめちゃんに告げられた単語を、咀嚼するように反芻する海鳥。「私たちの暮らす神戸の、隣の隣の市に、そんな人が……」

「事実をありのまま捉えるなら、現在発生している現象は、『加古川市が日本有数のご当地グルメ大国になっている』という異常のみです。そんな意味不明な嘘、加古川市を大好きな人間でもなければ、よもや吐くとは思えません。

そして『加古川の〈嘘憑き〉』は、加古川市を愛していると同時に——神戸市のことを、強く恨んでいます」

「……神戸市を、恨んでいる？」

「でなければ、こんな風に神戸市を狙い撃ちにするようなことはしない筈です。出石そばやぼたん鍋だって、同じ目に遭っていなければ理屈に合いませんからね。まあ、何故神戸をそうまで憎んでいるかについては、本人に聞かなければ分かりませんが」

「………」

「ともかく、事態を把握できた以上、悠長には構えていられません。こうして違和感を知覚できる内が華です。このまま『ねつ造』が進んで、私たちでさえ元の世界のことを思い出せなくなってしまえば、本当に手の打ちようがなくなってしまいますからね」

「……でも、でたらめちゃん。そうは言うけど、具体的にはどうするの？」

不安そうな声音で、海鳥は尋ねていた。

「そんないつにもまして訳わからない〈嘘憑き〉を、どうやって倒せばいいのか、私にはさっぱり見当もつかないんだけど……」

「……いいえ。ご心配には及びませんよ、海鳥さん」

でたらめちゃんはぽん、と自らの胸を叩いて、

「確かに今回の〈嘘殺し〉は、過去三回と比べても、かなり変則的なものにはなるでしょうが……だというなら私たちも、同じく変則的な方法を取ればいいだけの話です」

「……変則的な方法？」

「ずばり、『動画』を使います」

でたらめちゃんは、悪戯っぽく笑って言う。

「私の『動画』を使って、『加古川の〈嘘憑き〉』さんを罠にかけてやるのです」

「……『動画』？　『動画』って？」

「……いやいや海鳥さん。あなたはよく知っている筈でしょう？　『動画』ですよ、『動

画』。私が定期的に投稿サイトにアップロードしている、あの」

「……！」そこで海鳥は、ハッとしたように息を呑んでいた。「……え!?　ど、動画って、まさか、『でたらめちゃんねる』のこと!?」

「――ふふっ。とにかく、そういうわけです、お二人とも」

でたらめちゃんはやはり微笑みつつ、海鳥と奈良の表情を、順番に見回して、

「こんな神戸市を舐めたような輩には、私たちの手で鉄槌を下してやりましょう。夏休み始まって早々なんですが――第四の〈嘘殺し〉、開幕ですよ」

3 姫路と元・お姫

「しかし、恐ろしい話もあったもんだぜ」

無表情で、肩を竦めつつ、奈良は言う。

「神戸のご当地グルメが、私たちの知らない間に、全部加古川に盗まれちまっていたただなんて……今回はたまたま気付いたから良かったけれど、もう少しねつ造が進んでいれば、私たちは『違う』ということにすら認識できなくなっていたかもしれないいんだからね。『そばめしが加古川のご当地グルメである』なんて、普段の私だったら、絶対に納得なんてしないのに。でたらめちゃんに真実を告げられるまで、何の疑いもなく、それが真実だと思い込まされちまってた。『〈加古川〉の嘘憑き』、恐ろしい相手さ」

「……そうかな？　私は今回の相手、ただのアホのような気がするんだけど」

首を傾げつつ、海鳥は言葉を返す。「確かに、事実を知らされたときは私もびっくりしたけどさ。冷静に考えたら、かなり意味不明じゃない？　神戸のご当地グルメを根こそぎ盗んで、加古川のご当地グルメに変えたところで、一体何がどうなるの？」

「そんなの考えるまでもないよ。犯人は加古川を、日本有数のご当地グルメ大国にしたいのさ」

吐き捨てるような口調で、奈良は答えるのだった。

「なにせ犯人は、誰よりも加古川市を愛していて、誰よりも神戸市に恨みを持った、加古川市民らしいからね。加古川の地位向上に繋がることなら、なんだってやるだろうさ」

「……地位向上、するかなあ？　そんな、ご当地グルメを盗んだくらいで」

「──ま、とはいえそれは、私たちが今考えても仕方のない話さ。〈嘘殺し〉の準備については、今もでたらめちゃんが、色々と進めてくれているみたいだし。それが終わるまで私たちに出来ることは、残念ながらないわけだからね」

奈良は言いながら、横合いの海鳥の肩をポン、と叩いて、

「だから取り敢えず今は、『加古川の〈嘘憑き〉』のことは一旦忘れて、夏休みを満喫させてもらうことにしようぜ。でたらめちゃんには申し訳ないけどさ」

「…………」

「……あれ？　海鳥どうかした？」

「……っていうかさ」怪訝そうに尋ねてくる奈良を、海鳥はなにやら、不安そうな顔で見つめ返す。「今日は本当に良かったの、奈良？」

「……良かった？　なにが？」

──などと、彼女たちが今会話を交わしている場所は、高校の教室でもなければ、海鳥の部屋でもない。

電車の中、だった。

赤色の座席が印象的な、ややレトロな雰囲気の車内である。『次は、姫路〜。姫路〜』

そんなアナウンスの声を耳にしながら、奈良は無表情で首を傾げて、

「なに？　やっぱり私鉄じゃなくて、ＪＲにすればよかったって話？　別にいいじゃん、のんびり電車でも。せっかくの旅行なんだしさ」

「……いや、そうじゃなくて」

奈良の言葉に、海鳥は困ったような顔をしつつ、視線だけを彼女の頭上へと向けていた。

奈良の頭上――その網棚に置かれているのは、やや大き目のバッグである。

ただ町に遊びに出かけるだけというには、少しばかり大きすぎる、明らかに一泊以上の宿泊を想定していると分かる、それなりの荷物。

「……ああ」

と、そんな海鳥の視線の動きで、奈良はようやく、彼女の言いたいことを察したらしい。

「なるほど、またその話ね。キミもほとほとしつこい子だ」

彼女は無表情で、面倒そうに息を漏らして、

「あのさ海鳥。もうその話は、ここに至るまで何回もしてきたよね？　一体キミは、私が何度『もちろん良いとも！』と言えば、心から納得してくれるのかな？」

「……そ、そうは言うけどさ、奈良」

海鳥は自信なげに視線を彷徨わせて、「私、未だに不安なんだよ……奈良、本当は嫌なのに、無理して付き合ってくれたんじゃないかって」

「………？」

「……じゃあなに？　私にこの荷物を持って、今すぐ神戸にとんぼ返りしろとでも言いたいの？　もう親にも、この一泊旅行のことは説明してあるのに？」

「……そ、それは」

「……だから～、もうその話は本当に良いんだって、海鳥～」

　奈良は息を漏らしつつ、不安そうに身体をもじもじとさせる海鳥の肩を、ぱんっ！　と軽く叩いて。

「ここまで来た以上は、引き返せないんだからさ。お互い面倒くさいことは考えず、一泊二日の姫路旅行、存分に楽しむとしようぜ」

「私、姫路には何回か来たことあるんだけどさ～」

　その数十分後。

　姫路駅からほど近い、ある百貨店のレストランフロア。

　洋食屋のテーブル席で、優雅に紅茶を啜りながら、奈良は呟いていた。

「来るたびに、姫路駅に到着するたびに思うよ。『姫路城、駅近すぎじゃない？』って」

　そんな彼女の前のテーブルに置かれているのは、デミグラスソースとオムライスの跡らしきものが微かに付着した、空き皿である。

「あと、やっぱり栄えてるよね～、街並みがさ。完全に都会って感じ。流石は西宮や尼崎を抑えて、兵庫県第二の都市を名乗るだけはあるよね」

「まあ、場所にもよると思うけどね」

対して、海鳥はまだ食事の途中らしく、目の前のグラタンにスプーンを突っ込みつつ、言葉を返す。「駅から離れたら、ここよりのどかな景色なんていくらでも出てくるよ。実際、私の実家の周りとか、そんな感じだし」

「なるほどね～。まあそれを言い出したら、神戸も一緒だよね。私たちの住んでいる山間部とか、めっちゃのどかだし」

うんうんと頷きつつ、窓の外に広がる姫路の街並みを見下ろす奈良だった。

「ところで、どうなの海鳥？　キミにとっては、一年半ぶりの姫路なわけだけどさ。流石に懐かしい気持ちになったりするのかい？」

「……いや、そんなの一ミリもないけど」

海鳥は淡々と答える。

「実家って言っても、私が暮らしてたのは数年間の話だし。そもそもからして、この町に対して良い思い出がないから、懐かしい気持ちなんてなりようがないよね」

「……なるほど。とにかくとことんまで憂鬱なんだね、里帰りが」

奈良は無表情で、ふふっ、と笑い声だけ漏らして、「でも、今回の里帰りは、多少は気が楽なんでしょ？　一番苦手な叔父さん一家が、旅行で不在だから」

「……うん。それはそう」

海鳥は力強く頷き返していた。

「わざわざ、そのタイミングを見計らって帰ってきたからね。今家にいるのは、おばあちゃんと、お母さんだけだよ」

「それは本当に良いニュースだよね。キミの話しぶりを訊く限り、あんまり仲良くできなそうなタイプの人たちだって私も思っていたからさ。

だったら後は、その『おっかない』って話のおばあちゃんと、仲良くすればいいだけなんでしょ？　何も問題ないよ。これでも私は、面の皮の厚さには自信があるんだ。一日お世話になる上で尽くすべき『礼儀』だって、ちゃんと心得て来ているし――」

……が、そこまで言いかけたところで、奈良は不意に口をつぐんでいた。

彼女の視線は、海鳥ではなく、自らの真横の席へと注がれている。

四人掛けのテーブル席。誰も座っていない二席には、海鳥と奈良の荷物が、それぞれ置かれているのだが、「………………えっ!?」

ややあって奈良は、ぎょっとしたような声を上げていた。

「ちょ、ちょっと待って!?　紙袋!?　紙袋がない!?」

「……？　紙袋？」

「お、お菓子が入ってた紙袋だよ！　手土産用のやつ！」

無表情のまま、しかしこの上なく動揺した様子で、ばたばたと両手を振り回す奈良。

「今日のために、ちょっと良いお菓子用意してたのに！　なんで!?　なんでないの!?」

「……いや、紙袋って」

対して海鳥は、困惑したように眉をひそめている。「そんなもの、今朝会ったときから持ってなかったと思うけど？　もしかして、家の玄関に忘れてきたんじゃないの？」

「……！　ぜ、絶対にそうだ、間違いない！」

ぱんっ、と自らの太ももを叩く奈良だった。「さ、最悪だ……！　絶対に忘れないようにしようと思って、昨日の内に玄関に置いておいたのが、裏目に出ちまった……！」

「……そんな、お菓子なんてわざわざよかったのに、奈良」

海鳥は苦笑いを浮かべて言う。

「一緒に姫路にまでついてきてくれるだけで、私としては十分だったんだから」

「……いやいや、そんなわけにはいかないでしょ。一晩もお世話になるのに」

奈良はふるふる、と首を左右に振って、「……ちょっとここでお茶飲んで待ってて、海鳥！　私、下の階のお菓子屋さんで、いい感じのやつ見繕ってくるから！」

「えっ？」

「百貨店の中で気づけて、まだ良かったよ……！」などという奈良は、既に席から腰を浮かしており、自分の鞄から財布を抜き取ろうとしているところだった。「これが家に到着した後なら、もう取返しはつかなかったからさ」

「……!?　ちょ、ちょっと、奈良!?」

海鳥はぎょっとしたように息を呑んで、

「べ、別にいいよ、そんなものわざわざ買って来なくても！　手土産忘れられたくらいで気分悪くするほど、おばあちゃんは無茶な人じゃないんだから！」

「……気にしないで海鳥。悪いのは全部、お菓子を忘れちゃった私なんだから」

奈良は肩を竦めつつ、言葉を返す。「なによりこれは、私の気持ちの問題なのさ。躾のなっていない子だと思われたら、両親に申し訳が立たないからね」

「…………奈良」

「とにかく、そういうわけだから！　5分で戻ってくるから、待ってて！」

そう言って、最後に残っていた紅茶を飲み干すと、奈良は洋食屋の外へと、一目散に駆け出して行くのだった。

◇◇◇◇

「――ふう。ま、こんなもんでいいよね」

数分後。

腕から下げた買い物袋を見下ろしつつ、奈良はほっと一息ついていた。「しかし、自業自得とはいえ、割と痛い出費だな～。こういうお菓子って、わりとお値段するから……」

一人でぼやきつつ、奈良はハンカチで、額の汗を拭う。

「モデル時代の蓄えも、無限にあるわけじゃないしね。あんまり散財が続くようだと、貯蓄の底がついて、アルバイトを始めなきゃいけない羽目になっちゃうかも」

と、そこで奈良は思いついたように、ちょうど自らの隣に設置されていた、アパレルショップのガラス壁に視線を移して、

「……まあ、こんな絶対に笑わないような女を雇ってくれるような、奇特なバイト先があるとも思えないけどさ」

ガラス壁に映し出された、不愛想極まりない自らの相貌を見つめながら、自嘲気味に呟く奈良。

「…………」

そこで彼女は不意に、先刻の海鳥の言葉を思い出していた。

――私、未だに不安なんだよ……奈良、本当は嫌なのに、無理して付き合ってくれたんじゃないかって。

「……何回言えば分かるのかな？　私は、キミのお母さんに会ってみたいだけだって」

どことなく拗ねたような声音で、奈良は呟く。「だってこうでもしないと、キミは自分のこととか、自分の家族のこととか、ぜんぜん私に教えてくれないんだから……」

……と、そんな風に奈良が独り言をぶつぶつと呟いている、まさにその瞬間だった。

「…………ん？」

奈良の顔が映し出されている、アパレルショップのガラス壁。

その一枚のガラスに、自分以外の別の人物の姿がいつの間にか映っていることに、彼女は気づいていた。

ちょうど、奈良の真後ろに——一人の老婦人が佇(たたず)んでいるのだ。

「……あ、あれ？　あれ？」

それは、とにかく小柄な、白髪の老婦人だった。

年の頃は、60代後半から、70前後と言ったところだろう。

151㎝の奈良よりも、更に背が低い。

「な、なにこれ？　なにこれぇ？」

老婦人は、なにやら今にも泣き出しそうな顔をしている。

よく見ると、その手に握られているのは、スマートフォンだった。

ぽちぽち、と必死にその画面を、指で叩(たた)き続けている。周囲の景色さえ、まったく視界に入っていなそうな熱中度合である。

「…………ああ」

と、そんな老婦人の様相を見ただけで、奈良は全てを察したという様子で、後ろを振り向いて、「——あの、何かお困りですか？」

「……えっ？」

前方から突然に呼びかけられて、老婦人はハっとしたように頭を上げる。

「……え!?　は!?　ど、どなたですか!?」

「いえ、特に名乗るようなものではないですけど」

無表情で、しかし穏やかな声音で、奈良は言葉をかけていく。

「なんだかお困りみたいだったので。私に何か、お力になれることはないかなー、と」

「…………」

老婦人は、そんな奈良を、無言で見つめ返してきている。

ならやら、警戒の眼差しである。

「……け、結構です！」

ややあって彼女は、声を震わせつつ、言葉を返してきていた。

「わ、わざわざ他人様に助けてもらうようなことは、何もありません！　ただちょっと、道に迷ってしまったというだけなので！」

「……道に？」

「……わ、私はこれから、この百貨店で、孫と会う約束があるんですけど……！」

老婦人は弱々しく言いながら、手元のスマートフォンに視線を落として、

「この……地図アプリ、言うんですか？　使ってみたはええものの、いざ建物の中に入ったら、言うことを聞かへんくなって……」

「……あー」奈良は頬を掻いて、「それは多分、建物の中に入ったからだと思いますよ」

「……え？」

「地図アプリって、建物の中に入ると、うまく作動しなくなりますからね」

「……！　な、なんやって！」

奈良の説明に、老婦人は衝撃を受けた様子で、目を見開いていた。

「な、なんやねんそれ!?　ぜんっぜん使われへんやないか！　せ、せっかく昨夜の内にダウンロードして、ちゃんと練習もしたのに……！」

「……あはは。まあ、GPSも万能じゃないですからね」

老婦人の剣幕に、無表情で、苦笑いを返す奈良。「ちなみに、お孫さんと待ち合わせされているのって、どちらですか？」

「……え？」

「よければ私も、一緒に探すの手伝いますけど」

「…………え？　ええ？」

奈良の申し出に、驚いた様子で、彼女の方を見返してる老婦人だった。

「……い、いや、せやから結構です、言うてるでしょ？　ただ道に迷っているだけなんやから！　ええ年して、こんなことで他人様の手を煩わせて堪るかいな！」

「……え～？　別にそんな意地張ることないじゃないですか」

奈良は困ったように言いつつも、首を伸ばして、老婦人の手元のスマートフォンを覗き込む。「せめて、どこに向かっているかだけでも……あっ！」

そして、画面を目にした途端、彼女は驚いたように声を上げる。

「えっ？　もしかして、このお店に向かわれているんですか？」

「……？　う、うん、そうやけど」

「わあ！　凄い偶然！　このお店、私がさっきまで、友達とお昼ごはん食べてたところですよ！」

「……なんやて？」

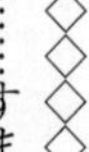

「……すまんなお嬢ちゃん。正直、助かったわ」

エスカレーターに揺られながら、老婦人は、決まりが悪そうに言葉をかけてくる。

「あのままやったら、私は何時間も、あの場でスマートフォンと睨めっこする羽目になっとったかもしれん……ほんまに、なんとお礼を言うたらええか」

「いえいえ～。私も元いた場所に帰るついでなので～」

奈良はひらひら、と掌を振り返して、「それに、そんな風に丁寧にお礼言っていただかなくても大丈夫ですよ。困ったときはお互い様、なんですから」

「……いや、そういうわけにはいかん」

「……え？」

「こんなことで他人様の手を煩わせるなんて、一生の不覚や」なにやら神妙な顔つきで、老婦人は言う。「子供やないんやから。もう二度と同じことが起こらんようにせんと」

「……あの、だからそこまで気に病まれるようなことじゃ」

「……ところでお嬢ちゃんは、この辺の子か？」

やはり真面目な顔のまま、老婦人は問いかけてくる。

「え？　ああ、いえ、違います。私、住んでいるのは神戸の方でして」

「ふぅん、神戸の子か。ということは、姫路には遊びに来たんか？」

「まあ、そんな感じですね。友達と二人で、こっちで一泊する予定なんですけど」

「……はあ、泊りがけかいな。あんたらみたいな若いもんが、姫路旅行なんてして何が楽しいんや？　見て面白いものなんて、何もないで？」

「え〜、そんなことないですよ〜。いっぱいあるじゃないですか、お城とか〜」

「…………」

と、そんな風に明るく言葉を返す奈良の顔を、老婦人は不思議そうに覗き込んで、

「……あんた、最初に見たときから思っとったけど、べっぴんさんやな〜」

「え？」

「神戸の方には、こないに綺麗な子が、普通におるんか？　私、はじめて見たで。あんたみたいな美人さん」

「……あはは っ！　ありがとうございます。お世辞でも嬉しいです〜」

奈良は穏やかな声音で、無難な答えを返していた。「でも、私なんか全然大したことないですよ〜。たとえば今日、一緒に旅行に来た女の子とか、めっちゃ可愛いんで！」

「……お世辞とかじゃなくて、本心なんやけどな」

老婦人は尚も、興味深そうに奈良の相貌を覗き込んでいる。「しかしあんた、これも最初に見たときからずっと気になっとったんやけど、なんでそないに『ぶすっ！』とした顔

ずっとしてるんや？　話し方とかは、凄い明るい感じやのに」

「……あー。それはよく言われますね」

奈良は無表情で頬をかいて、「まあ、これ私の癖というか、個性みたいなものなので。もし気分悪くさせてしまったのなら、すみません。他意はないんですよ？」

「……いや、別に気分なんて悪くなってないけど。ただ最初に声をかけられたときは、ほんまにぎょっとしたで」

「……ぎょっとした？」

「……。わ、私はてっきり、カツアゲでもされるんかと……」

ごにょごにょ、と奈良には聞き取れない程度の声量で、老婦人は呟く。「て、天下の往来で、女子高生に、お金を巻き上げられてしまうんかと、こ、腰が抜けそうになって……」

「……？　あの、すみません。もう少し大きな声で言っていただかないと、よく聞き取れなくて」

「……いや、なんでもないねん」

こほんっ、と老婦人は、咳払いを一つ入れて、「そういえばお嬢ちゃん。まだ聞いてなかったけど、お名前はなんていうんや？」

「あ、芳乃です！　くさかんむりの下に、方向の『方』の字で芳。それから刀の出来損ないみたいな『乃』の字を加えて、芳乃って書きます」

「へえ、芳乃ちゃんか。ええお名前やね」

「ちなみに、そちらのお名前は？」

「私か？　私は新月言うねん」

「……新月？」

「新しい月と書いて新月や。そのまんまやろ」

「……へ～、新月さんですか。変わったお名前ですね」

「ははっ、よう言われるわ」

……などと、他愛もない会話を交わしている内に、彼女たちは目的の階までたどり着いていた。

奈良がついさっき飛び出して行ったばかりの、レストランフロアである。

「あ！　ほら、あのお店ですよ、新月さん！　あのお店ですよ、新月さん！」

フロアに降り立つや否や、正面に見えるレストランを指さす奈良。

「…………」

が、一方の老婦人は、レストランの看板を見て、なにやら暗い顔を浮かべている。

「……あれ？　どうされたんですか？」

「……ちょ、ちょっと待ってくれんか、芳乃ちゃん？」

声を震わせて、老婦人は答えてくる。「私、まだ心の準備が出来てへんから……」

「心の準備？」奈良は首を傾げて、「え？　普通にお孫さんと、待ち合わせしているだけなんですよね？」

「……まあ、そうなんやけど」

女性は力なく息を漏らして、

「実は待ってる相手が、孫だけやないねん。学校のお友達も一緒に来とるらしいんよ」

「…………え？」

「神戸で暮らしとる孫が、里帰りしに来てくれたんやけどな。まさか友達を連れてくるなんて、思ってもみいへんかったから。緊張してもうて」

「…………」

「ほんまにドキドキして、昨日はろくに眠られへんかったんよ」

苦笑いを浮かべて、老婦人は言う。「あの子の友達、一体どんな子なんやろうな？　芳乃ちゃんみたいに、ええ子やったらええねんけど」

「……………」

「……ん？　どうしたんや、芳乃ちゃん？」

「……ええと、新月さん」

怪訝そうに尋ねてくる老婦人に対して、奈良はポリポリと頬を掻いて、

「すみません。あまりにも事前に聞いていたイメージと違い過ぎて、今の今まで、まったく思いつきもしていなかったんですけど」

「……？」

「新月さんの苗字って、もしかして海鳥だったりしますか？」

◇◇◇◇

……などと、奈良が姫路市でそんなやり取りを繰り広げている、ほぼ同時刻。

兵庫県から、遠く離れた、とある地方都市。

具体的には、愛知県・名古屋市。

——ピピピピピッ！

「……ううん？」

鳴り響く目覚まし時計の音に、一人の少女が、そのまぶたを開いていた。「……？　もう朝？」

眠そうに言いつつ、少女は敷布団から、ゆっくりと上半身を起こす。

18歳ほどの、髪の長い少女である。

——ピピピピピッ！　ピピピピピッ！

「……うるっさいわね～。もう起きたわよ～」

尚も鳴り響き続ける、ちょうど12時を指し示している目覚まし時計を、少女は鬱陶しそうに停止させる。そして、大きく伸びをしたのち、その場から完全に立ち上がっていた。

床が畳で敷き詰められた、木造アパートの一室である。

何の仕切りもない、七畳ほどのワンルーム。決して広いとは言えない空間に、食卓や冷蔵庫、タンス、敷布団などが、所せましと並べられている。

「……ふわぁ～」

歩くたび、床から響いてくる音に注意も払わず、眠そうにあくびをする少女。

ぎしっ！　ぎしっ！

恐らく、相当の築年数が経っているのだろう床の上を、彼女は歩いていく。

「――あ、おはようございます」

そして、そんなときだった。

少女の正面から、抑揚のない、別の少女の声が響いてくる。

「そろそろお声かけしようかと思っていたのですが……今日は目覚まし時計だけで起きられたんですね。ご立派です」

声の主の佇んでいる場所は、台所だった。

流し場とガスコンロ、そして申し訳程度の調理台のついた、簡素な台所。コンロの上には大きな鍋が置かれている。どうやら、お湯を沸かしている最中らしい。

鍋の真横の調理台に置かれているのは、そうめんの袋である。

「少々お待ち下さいませ。お昼ごはんの準備、もう済みますので」

そして、そんなそうめんの袋を手に取りつつ、その少女は言葉を続けてくる。

こちらは、やはり18歳くらいの、黒髪の少女だ。

「……お昼ごはんね～。わたくしからしたら、朝ごはんみたいなものなんだけど」

と、今起きたばかりの少女は、調理台のそうめんの袋に視線を移して、「……あら。今日のお昼ごはん、そうめんなの？」

「いけませんでしたか？」

「とんでもないわ。むしろ、ちょうど食べたいと思っていたの」

少女は言いながら、涼やかな笑みを浮かべて、「何も言っていないのに、わたくしの食べたいものを用意してくれるなんて。流石、あなたは気が利くわね、守銭道化」

「滅相もないです」

対して、台所の少女は、恭しく言葉を返す。

彼女の出でたちは、中々に異様だった。

メイド服、である。

生地のしっかりとした、コスプレ衣装などではない、本物のメイド服。

明らかに格安と分かる、オンボロアパートの一室の、その台所で、何故かメイド服を着た少女が、いそいそと昼食の準備を進めているのだ。

「……まあ、こう熱いとね。そうめんでも食べないとやってられないですわ」

そして異様というなら、この起きてきたばかりの少女の外見も同様だった。

その眠そうな目は、透き通るような碧色。

そのボサボサの長い髪は、煌びやかな黄金色。

顔立ちも非常に整っていて、スタイルも良い。

きちんとしたドレスに身を包み、豪邸の一室にでも佇んでいれば、きっと誰もが彼女のことを、お嬢様か何かと思うことだろうが……しかし現在の彼女の身に着けている服は、いかにも安っぽいスウェットの上下。彼女の佇んでいる場所は、七畳間の木造アパート。

「……ふわ〜。それにしても、ぜんぜん寝たりないですわ〜」

思い切り口を開いてあくびをし、ぼりぼりと自らのお腹を掻いてみせるその姿からは、お嬢様らしい気品など、欠片も感じることは出来なかった。

◇◇◇◇

ミーン、ミンミン、ミン、ミーン。

けたたましいセミの鳴く声が、窓の外から響いてくる。

「あ〜。外出たくないですわ〜」

そんな音を耳にしつつ、金髪の少女——清涼院綺羅々は、うんざりしたような声を漏らす。

その右手に握られているのは割りばしで、左手が添えられているのは、めんつゆの入ったカップだ。

ちなみに食事の支度を待っている間に着替えたので、現在はパジャマ姿ではなく、余所行きの服装である。

「一歩たりとも外に出たくないですわ〜。こんなくそ暑そうな日にわざわざ外を出歩くなんて、正気の沙汰じゃありませんわ～」

「……綺羅々さま」

対してメイド服の少女——守銭道化は、めんつゆの中にネギを落としつつ、真顔で清涼院を見つめてくる。「では、今日のアルバイトはどうされるんですか？」

「…………」

守銭道化の言葉に、清涼院はいっそう顔を引きつらせて、

「ねえ～、守銭道化。わたくし、今日はバイト休んじゃ駄目かしら？」

「…………」

「お客さんだって、こんな暑い日に、牛丼なんて食べにこないわよ」

ため息まじりに清涼院は言う。

「夏休みに入ってから、毎日毎日バイトバイトバイト……もううんざりなのよね。18歳の夏に、何が悲しくて、こんな労働尽くしの日々を送らなきゃいけないのかしら」

「……綺羅々さま。心中お察ししますが」

守銭道化は、平坦な口調で返す。

「それはもう、言っても仕方のない話ですよ。私たち、貧乏なんですから」

「…………はあ」

がっくりと項垂れる清涼院。ちゅるちゅる、ちゅるちゅる。二人の会話が途切れ、そうめんの啜られる音だけが、室内に響く。

「……子供の頃は良かったわよね～」と、ややあって、清涼院がまたも口を開いて、「夏休みに、こんなくそ暑い思いをすることなんて、一度たりともなかった筈よ。あのフィンランドの別荘は、暑さなんかとは、まるっきり無縁だったし」

「……フィンランドですか。懐かしいですね」

ちゅるちゅる。そうめんを啜りながら、守銭道化は相槌を打つ。「最後に向こうで夏を過ごしたのは、何年前だったでしょうか？」

「さあ、もう覚えてもいないわ」

ふるふる、と首を左右に振って、清涼院は言う。「そもそも、旅行なんて何年も出来ていないわね、わたくしたち。せめて国内でいいから、近い内に一度くらいしたいものだけど」

「……国内旅行をですか？」

守銭道化は、怪訝そうに首を傾げて、

「国内旅行なら、少し前にしたばかりじゃないですか、綺羅々さま」

「……はあ？」

眉をひそめる清涼院。「ちょっと、なに言ってるの守銭道化？　旅行なんて、わたくしたちがいつしたのよ？」

「ゴールデンウィークです」

「……ゴールデンウィーク？」

「五月の頭の、神戸ですよ。憶えておられませんか？」

「……ああ」

と、そこまで言われて察しがついたのか、清涼院は脱力したように肩を落としていた。

「いやいや、あれは旅行じゃないわよ守銭道化。確かに遠出ではあったけれど、あくまで泥帽子さんのお遣いだったんだから」

「泥帽子さんのお遣いだと、旅行ではなくなるのですか？」

「当たり前でしょう？　あんなのただの出張よ、出張——っていうか、あんまりわたくしに、あの日のことを思い出させないでくれる？」

清涼院はうんざりしたように顔をしかめる。「あのときのことを思い出すとね……未だに頭痛がしてくるのよ、わたくし」

——ブブブッ！　ブブブッ！

そんなときだった。

食卓の上に置かれていた、清涼院のスマートフォンが、不意に鳴り出していた。

「あら、電話だわ」

清涼院は驚いたように言いつつ、割りばしをそうめんの皿の上に置く。「どなたからかしら？」

表向きに置かれたスマートフォンの画面には、こう表示されていた。

『泥帽子さん』。

「…………あらあら」

画面に視線を落として、さらに驚嘆したような声を漏らす清涼院。

「これはこれは、珍しいこともあるものね。噂をすれば影、というやつかしら」

彼女が通話ボタンをタップするなり、スマートフォンの通話口から響いてきたのは、男の声だった。

《やあ、清涼院さん》

《今、お時間大丈夫ですか？》

「大丈夫、とは言えないわね」

清涼院は、つっけんどんな口調で答える。

ちなみに彼女は、スマートフォンを耳に当ててはいない。本体をスピーカーモードにして、食卓の上に放置した状態で、言葉を返している。

「ちょうど今、お昼ごはんのそうめんを食べている最中なの」

《……！　おや、そうでしたか。では、もう少し時間をおいてから――》

「いいえ結構よ。そのまま話してちょうだい」

男の言葉を、清涼院はぴしゃりと遮って、

「ごはんを食べたら、わたくしはすぐにバイトに出なきゃいけないの。お行儀は悪いけれど、このまま食事をしながらお話を聞かせていただくわ、泥帽子さん」

《……なるほど。まあ、清涼院さんがそれでいいなら、俺も当然異論ないですが》

清涼院の返答に、男は、軽く息を吸い込むようにして、

《――では、出来るだけ手短に。まずは清涼院さん、ゴールデンウィークの一件は、お疲れ様でしたね》

「……ゴールデンウィーク？」

ぴくっ、と清涼院の頬が引きつる。

《ええ、五月の頭の、神戸へのお遣いの件ですよ》

男は穏やかに続けてくる。《本当にあなたには感謝しているんですよ。いくら名古屋と神戸が高速道路で繋がっているとはいえ、あれだけ長距離の移動は、並大抵の負担ではなかったでしょう。〈一派〉のために、そんな貧乏くじを引いていただけるなんて……流石は清涼院さん、〈一派〉の幹部の中でも、一番の働き者なだけあります」

「……嫌味かしら？」

慇懃な口調の男に対して、清涼院は吐き捨てるように言葉を返していた。

「あなたのお遣いを、無様にも失敗してしまった、わたくしに対する」

《嫌味？　まさか、とんでもない。あなたを責めるつもりなんて、俺には毛頭ありませんよ。清涼院さんには本当に、いつもいつも助けられていますからね》

「……言い訳するつもりはないけどね。あのときは、色々と想定外のことが続いたのよ」

清涼院は不機嫌そうに息を吐いて、「喰堂猟子(くどうりょうこ)さん……生まれたての無垢(むく)な〈嘘憑(うそつ)き〉を、〈一派〉に勧誘するだけの、簡単なお仕事だと思っていたのに、まさかあんな邪魔が入るだなんてね。そのことは、報告メールにも書かせてもらったと思いますけど」

《ああ、はい。でたらめちゃんと、敗(やぶ)さんのことですね》

男は軽い調子で返してくる。

《いや、俺も話を知ったときは驚きましたよ。敗さんがでたらめちゃんに討たれたのが、清涼院さんを向かわせたのと同じ町だなんて、よもや思いもしなかったものですから》

「…………」

《あの二人に加えて、なんだかよく分からない青い髪の女の子も仲間に加わっていたと、メールには書かれてありましたが……確かにそんな一大勢力に邪魔をされたら、清涼院さんも勧誘どころではなくなるでしょうね。

ちなみに、どうでした？　二人、元気そうでしたか？》

「……さあ、あまり元気そうには見えなかったけど」

清涼院は面倒(めんど)そうに答える。「別にどうだっていいことでしょう、そんなの。二人とも、最早(もはや)わたくしたちにとっては、何の関係もない他人なんですから」

《ははっ。ドライですね～、清涼院さんは》

愉快そうに男は言う。《まあ、その二人のことはともかく……喰堂猟子さんは、本当に惜しいことをしましたね。あなたの報告書を読む限り、〈一派〉に加わってくれてさえい

れば、きっと俺好みの面白い〈嘘憑き〉に成長していたと思うんですけど》

「そんなこと言われたって、わたくしにはもうどうしようもないことだわ」

清涼院はけだるげに相槌を打って、「——で？　本題にはいつ入ってくれるのかしら？　あんまり長話をされると、わたくしバイトに遅刻してしまうのだけれど」

《ああ、すみません。少しお喋りが過ぎてしまいましたね……いえ、別に大したことでもないんです。ただ、一応清涼院さんに、直接お伝えしておこうと思いまして》

「……？」

《代金の請求のお話ですよ》

淡々とした調子で、男は告げてくるのだった。

《もうしばらくしたら、清涼院さんのご自宅に、請求書が届くと思います。確認次第、対応してくださいね。銀行の口座に振り込んでいただければ結構ですので》

「……はあ？」

眉をひそめる清涼院。「……請求書？　一体なんのお話？」

《いや、請求書は請求書ですよ》

間を置かずに男は答えてくる。《リムジン代と、紅茶代と、お菓子代についての請求です。今の話の流れで、想像つきませんか？》

「………え？」

告げられた言葉に、清涼院は、ぽかんと口を開けて固まる。

五秒、十秒と、その沈黙は続く。

――が、不意にその表情から、さあああ、と血の気が引いて、

「え!?　は!?　リムジン代に、紅茶代に、お菓子代!?」

《…………》

「ちょ、ちょっと待って泥帽子さん！　いきなり何を言い出すの!?　い、い、意味不明ですわ！」

《……いえ、微塵も意味不明ではないですが》

あくまでも落ち着いた声音で、男は言葉を返してくる。

《むしろ、当たり前の話でしょう？　この前のゴールデンウィークで、あなたが守銭道化さんに運転させたリムジンと、その道中で散々飲み食いした最高級の紅茶とお菓子。清涼院さんもご承知の通り、あれらは全てあなたのために、俺の金で用意したものなんですから》

「…………っ」

《まあ、床にサラダ油をこぼした状態で返却されたときは、驚きましたが……その掃除費用については特別に負けてあげましょう。とにかくリムジンにかかった費用と、飲み食いされた分の紅茶・お菓子代。耳を揃えて、口座に振り込んでください。遅くても、一か月以内には》

「…………ま、待って！　おかしいわ、そんなの！」

唇を震わせつつ、清涼院は叫び返していた。

「だって、話が違うじゃない……！」

《……。話が違う、とは？》

「あ、あれは全部、タダで用意してくれるって話だったでしょう!?」

縋り付くような目で、スマートフォンの画面を見つめる清涼院。「あ、あなたのお遣いを遂行する上での、必要経費として！」

「…………」

「た、タダじゃなかったら、あんなものわざわざ頼むわけありませんわ！　わたくし、本当は貧乏なんですから！」

ぶんぶんっ！　と、清涼院は、首を思い切り左右に振り乱しつつ、「だ、大体それ、合計でいくらなのよ!?」

《……そうですね》

……。

「――ひいっ!?」

通話口から具体的な数字を告げられた途端、清涼院は悲鳴を上げて、その場にひっくり返っていた。

その顔色は、蒼白を通り越して、土気色になっている。

「あ、あわわわわ……」

《申し訳ないですが清涼院さん。こればかりは、払ってもらわないわけにはいきませんよ》
もはやまともな言葉も喋（しゃべ）れなくなってしまった清涼院に、男は容赦なく畳みかけてくる。
《まあ……俺も同情していないわけではありません。そもそもは清涼院一族のご令嬢として生まれたにも拘（かか）わらず、実家を追放され、貧しい暮らしを余儀なくされているあなたの境遇についてはね》
「………」
《ただ、あなたがいつも俺のお遣いにかこつけて、リムジンやら紅茶やらお菓子やら、他人の金で束（つか）の間（ま）の『お金持ちごっこ』に興じることを俺が許しているのは、決してあなたに対する同情などではありません。あなたが優秀だからです》
「………」
《あなたが俺にとって使える駒であるから――その働きぶりに報いる対価として、あなたを特別扱いしているというだけのことです。その前提が崩れてしまった以上、今回に関しては、今までと同じご褒美を与えるわけにはいきません。これが新幹線代だけなら、お遣いに失敗しようが、俺も何も言いませんでしたけどね。リムジンも紅茶もお菓子も、どう考えても必要経費とは言い難（がた）い、ただの無駄遣いでしょう？》
「………」
《とにかく、そういうわけです。返済期間を延ばしてほしいという相談なら受け付けますから、その場合はまた連絡してください》

「…………」

《ではでは、バイト頑張ってくださいね》

ブツッ！

通話が切られていた。

一転して、木造アパートの一室は、重苦しい沈黙に包まれる。

「…………しゅ、守銭道化」

弱々しく呟きを漏らす清涼院。

彼女は頭を上げ、力のない眼差しを、正面のメイド少女へと向ける。

「…………〜〜〜っ！」

当のメイド少女もまた、清涼院と似たりよったりの表情をしていた。

いつものポーカーフェイスの面影など、どこにもない。

清涼院と泥帽子の会話の最中、ずっと澄ました顔で傍に控えていた彼女だったが、ある時点から——泥帽子から具体的な代金を告げられた瞬間あたりから、ずっと土気色である。

「…………っ！　ふ、踏み倒しましょう！」

ややあって、そんな掠れ声が、守銭道化の口から漏れていた。

「踏み倒しましょう、綺羅々さま！　そんなお金、絶対に払うことないです……！」

「…………」

「い、一度タダでいいと言っていたものを、後から覆すなんて、滅茶苦茶です！　おかしなことを言っているのは、絶対に向こうです！　こ、こんなものは、詐欺も同然ですよ！」

「……いいえ。それは無理よ、守銭道化」

　が、そんな守銭道化の訴えかけに、清涼院は力なく首を振り返していた。「そんなことをしたら、わたくしもう二度と、あの人からお金をせびれなくなるわ」

「…………っ⁉」

「定期的な『お金持ちごっこ』が、もうお金持ちではなくなってしまった、今のわたくしの唯一の生きがいなの。それを取り上げられたら、もうわたくしは生きていけない……あなたなら、分かってくれるでしょう？」

「…………」

　守銭道化は、言葉を失ったように黙り込んでいた。

　……そして不意に、そのまぶたから、ぼろぼろ、と涙がこぼれ始める。

「……っ⁉　守銭道化⁉　どうしたの⁉」

「……ぐすっ。も、申し訳ありません、綺羅々さま……」

　べそをかきながら、守銭道化は言葉を返してくる。

「綺羅々さまの能力を以てすれば、お金持ちになるのなんて、本当は簡単なことの筈なのに……！　私が、無能な嘘であるばっかりに……！」

「……～～っ！　もうっ！　今さら何を言うのよ！」

　清涼院は慌てたように言うと、目の前の床に置かれたそうめんをよけるようにして、正面の守銭道化を抱きしめていた。「あなたが責任を感じるようなことじゃないわ。そもそも悪いのは、そういう〈嘘憑き〉であるわたくしの方なんだから」

「……綺羅々さま」

ぎゅうう、とその身体を抱きしめられて、守銭道化は、小さく声を漏らす。

「わたくしにとって、あなたは最高のパートナーよ。あなた以外のメイドなんて、考えられないわ」

「…………」

「なにより、そもそも気に病むようなことでもない筈でしょ？　辛いのは今だけなんだから」

守銭道化の耳元で、清涼院は囁きかける。

「今こうして、わたくしたちが貧乏暮らしに堪えているのは——わたくしたちの本当の目的を叶えるための布石に過ぎないってこと、ちゃんと忘れていないわよね？」

「……はい。もちろん心得ています」

守銭道化は鼻声で答える。

「綺羅々さまの悲願は、私にとっての悲願なので……！」

「ならいいのよ」

守銭道化の間近で、清涼院は涼やかに微笑みかける。「……ところで守銭道化。ゴールデンウィークの話で、わたくし思い出したんだけど。

でたらめちゃんや敗さん、そしてあの青い髪の子と一緒にいた、海鳥東月さんのこと、あなたも覚えているわよね？」

「……ウミドリトウゲツ？」

清涼院の言葉に、守銭道化は一瞬だけ、きょとんとした顔で固まるが、

「……ああ、海鳥東月さん。思い出しました。あの、背の高い女の方ですね」

「ええ。とても綺麗な黒髪をした、彼女のことよ。わたくしははっきり覚えているわ」

「……そういえば綺羅々さま。どうして彼女のことは、泥帽子さんに報告しなかったんですか？」

守銭道化は不思議そうに問いかける。「報告漏れではなく、わざとですよね、あれ？」

「もちろん、彼女の存在を隠しておきたかったからよ」

間を置かず清涼院は答えていた。

「泥帽子さんにも、他の〈一派〉のメンバーにも、ね」

「……？」

「守銭道化。あなた、帰りのリムジンの中で話してくれたじゃない。あの海鳥東月さんは、〈嘘憑き〉でもない、どこにでもいるような普通の女の子だったけど……ただ一点だけ、明らかに普通とは違う点があったって」

「……もしかして、嘘の匂いの件ですか？」

守銭道化は尋ね返す。「確かに海鳥東月さんからは、とても奇妙なことに、嘘の匂いが

一切しませんでしたが……それがなにか？」

「……嘘の匂いがしない、ねぇ」

清涼院は、目を細めて言う。「ふふっ、とっても興味深いわ。もしも海鳥さんが、本当にわたくしの見立て通りの人物だったとしたなら、だけど。きっと彼女は、わたくしたちの目的に、利用できる筈――」

――ブブブッ！　ブブブッ！

そんな清涼院の囁きが、またも遮られていた。

再び鳴り始めた、スマートフォンの振動音である。

画面に表示されている文字は、『泥帽子さん』。

「――ああ、もうっ！　まだ何か用なの、あの男!?」

清涼院は金切り声を上げて、スマートフォンをつかみ取っていた。「人がせっかく、守銭道化とハグしているときに！　用があるなら、一回の電話で済ませなさいよ！」

大声で文句を吐き散らしつつ、通話ボタンをタップし、本体を耳に押し当てる清涼院。

「もしもし!?　これ以上わたくしに、何が言い足りないのかしら、泥帽子さん!?」

開口一番、苛立ちをこれでもかと声音に滲ませて、彼女は通話口に語り掛ける。

「心配しなくても、お金ならちゃんと払うわよ！　わたくしは腐っても清涼院の血を引く人間、踏み倒しなんかしませんわ！　たとえそれが、ほとんど詐欺同然の請求であったとしてもね！　ただ、流石に一括は無理ですから、せめて分割払いに応じていただけると

「――」

《――ああ、いえいえ違いますよ、清涼院さん》

が、通話口から返されて来たのは、やはり穏やかな声音だった。

《もう一つ大事な用件があったのを、伝え忘れてしまっていまして》

「……もう一つの用件？」

《というかどちらかというと、お金の話はついでで、こっちが本題だったんですけどね。――ねえ清涼院さん。ぶっちゃけ神戸って、どうでした？》

「……はあ？」

清涼院は眉をひそめる。「……なにそれ？　質問の意味が分からないのだけど？」

《言葉通りの意味ですよ。つい先日神戸旅行を経験した清涼院さんに、感想を聞きたいと思いまして》

対して、通話口の向こうの男は、朗々と告げるのだった。

《というのもね、清涼院さん――俺は今度、神戸で『お祭り』を開こうと思っているんですよ》

「……なんですって？」

4 海鳥新月と海鳥満月

「……うわあ、すっご～」

眼前に広がる景色に、唖然としたような声を、奈良は漏らしていた。

姫路駅から、さらに数駅離れた先。辺りに木々しかないような、山の奥深くに、その日本家屋は佇んでいた。

豪邸である。

家というよりは、屋敷と表現した方が適当だろう。

「……え？　このでっかいお屋敷が、本当の本当に、海鳥の実家なの？」

「……まあ、一応ね」

対して、奈良の隣で屋敷を見上げる海鳥は、憂鬱そうに言葉を返す。「本当に、この門を見るだけで、ここで暮らしていたときの思い出が蘇ってくるようだよ……」

「はあ～」

やはり子供のように、感嘆したような声を漏らす奈良だった。「いやあ、こいつはぶったまげたね。海鳥、キミって実はお嬢様だったんだ」

「……いやいや、やめてよ奈良。私、そんなんじゃないから」

奈良の言葉に、海鳥はふるふると首を左右に振り返して、

「お母さんと二人で暮らしていたときは、普通に超貧乏だったから。前も言った通り、ここで暮らしてたのは、10歳から15歳までの五年間だけだし」

「……いや、それはそうかもしれないけどさぁ」

「――で、奈良さん。あんたの寝泊まりする部屋についてやけど」

と、そんなときだった、
二人の会話を遮るように、奈良の横合いから、女性の声が響いてくる。

「一応、東月の隣の部屋を空けてはあるけど……もしも東月と一緒の部屋で寝たいとかやったら、好きにしてくれたらええで。来客用の敷き布団なら、売るほどあるから」

声の主は、小柄な老婦人――海鳥祖母である。

「夕飯の支度は、19時過ぎくらいに済むと思うわ。それまでは部屋でゆっくりしとき。なんやったら、先にお風呂に入っててもええし」

「……あ、はい、ありがとうございます」

ぶっきらぼうな海鳥祖母の語り掛けに、奈良は、ぎこちなく言葉を返していた。（……この人が、海鳥のおばあさん。名前は、海鳥新月さん）

奈良は、海鳥祖母の横顔を、まじまじと見つめる。

（……とりあえず、見た目は海鳥とぜんぜん違うよね。背の高さとか）

奈良の横合いに佇む海鳥祖母の体躯は、身長１５１㎝の奈良でさえ、見下ろせるほどである。身長差だけなら、海鳥東月とは祖母と孫どころか、子供と大人だ。

（……でも、顔立ちはよく見れば、海鳥とかなり似てるかも。きっと若い頃は、かなりの美人だったに違いないね。いや、今も十分若々しいし、お綺麗なんだけどさ）

「……ねえねえ、奈良」

と、そんな風に考え込む奈良の服の袖が、傍らの海鳥に、くいくいっ、と引っ張られる。

「ところで、さっきは大丈夫だった？」

「……さっき？」

「おばあちゃんと、偶然二人きりになっちゃったんでしょ？」

申し訳なさそうな声音で、海鳥は囁きかけてくる。「正直、一緒にいて、息が詰まったんじゃない？　おばあちゃん、本当におっかない人だし」

「…………」

奈良は無表情で、海鳥の方を見返して、「……いや。別におっかなくはなかったけどね」

「……え？」

「だって、最初に会ったときなんかさ。新月さん、地図アプリで泣きそうになってて――」

「おほんっ！」

咳払いが響く。

「……？　どうしたんですか新月さん？　風邪ですか？」

「おほんっ！　おほんっ！」

「……いや、別になんでもないけど」

心配そうに問いかける奈良に、海鳥祖母はやはりぶっきらぼうに答えて、

「ところで奈良さん。今の内に、あんたには伝えとかなあかんことがあるんやけど」

「……伝えとかなあかんこと？　なんですか？」

「あんたは東月が連れてきた、大事なお客様や。当然、この家はあんたの家や思うて、存分にくつろいでくれたらええんやけど——一つだけ約束してほしい。二階の奥の部屋にだけは、近づかんようにしてくれ」

「………？」

無表情で首を傾げる奈良だった。「……え？　な、なんでですか？」

「そこは満月の部屋やからや」

そっぽを向いたままで、海鳥祖母は答えてくる。

「海鳥満月——つまり私の娘で、東月の母親やな。申し訳ないけど、こればっかりは守うてもらわなあかん。この家のルールみたいなもんやから」

「……はあ、ルールですか」

「あの子は基本的に、自分の部屋から出てこうへんねんけど、自分のおる部屋に、他人が入って来るのをとにかく嫌がるんよ。私ら家族でさえ、滅多なことでは入れてもらえへん」

「………」

海鳥祖母の言葉に、奈良は再び屋敷の方に視線を移して、「……え？　ちょっと待ってください。それってつまり、私は今日、海鳥のお母さんに会えないってことですか？」

屋敷の二階を見つめたまま、慌てたように奈良（なら）は尋ねていた。

「私、海鳥（うみどり）のお母さんと会うの、結構楽しみにしてたんですけど――」

「大丈夫だよ奈良」

が、そんな奈良の言葉を、傍らの海鳥が遮って、

「晩ごはんのときには、会えると思うから」

「……え？」

「お母さん、晩ごはんのときだけは、ちゃんと部屋の外に出て、みんなと一緒にごはん食べるから」

海鳥は言いながら、自らの祖母の方を振り向いて、「ねえ、おばあちゃん。奈良が来ることは、ちゃんとお母さんにも伝えてくれたんでしょ？」

「……うん、もちろんや東月（とうげつ）」

海鳥祖母は軽く頷（うなず）き返していた。「何日か前の夕飯のときに、しっかり伝えといたで。あんたが帰ってくることも、学校の子を連れてくるいうこともな」

「……ちなみに、お母さんはなんて？」

「特になにも」

肩を竦（すく）めて、海鳥祖母は答える。

「私が話している間中、無言で味噌汁（みそしる）飲んどったな。まあ、聞いてはおったんちゃうか？」

「……そうなんだ」

「…………えっ!? いやいや、大丈夫なのそれ!?」

二人の会話を受けて、奈良は不安げに声を上げる。「お母さん、何も言ってなかったんでしょ? それ、本当は私と会うの、嫌がってるんじゃ……」

「だから、大丈夫だってば奈良」

そんな奈良に、海鳥は苦笑いを浮かべつつ、言葉を返してくる。「お母さんが何も意見を言わないときは、大丈夫なときなの。嫌がってないってことだからね」

「…………?」

もちろん、そんな説明で納得できる筈もない奈良だったが、なにやら確信めいた口調で告げてくる海鳥に、それ以上の質問を重ねることができなかった。

(……いや、マジでどんな人なの? この子のお母さん?)

「でたらめちゃんねる～!」

タイトルコールがなされた瞬間、陽気な音楽が、BGMとして流れ始める。

画面に映し出されているのは、キッチンらしき場所。

そしてキッチンの中央に佇んでいるのは、ネコミミパーカーを羽織った、総白髪の少女。

「やあやあ! 動画をごらんの皆様、お久しぶりです～! 皆さんお待ちかね、『でたらめちゃんねる』のお時間がやってまいりました!

お送りするのは毎度おなじみ、でたらめちゃんです！　で・た・ら・め・ちゃ・ん！　ちゃんまで含めて名前です！　平仮名七文字きっかりで、でたらめちゃんです！　本名で〜す！」

　そう明るく言いつつ、ネコミミ少女は、ゆらゆらとその場で小躍りしてみせる。

　非常に楽しそうな雰囲気だが、しかし実際に彼女がどういう表情を浮かべているのか、傍目（はため）には分からない。

　彼女はその素顔を、『ネコのお面』で完全に覆い隠しているからだ。

「さてさて。今回は、前回の動画に続きまして、『ぼっかけ』作りの後半戦ですね！　さっそく行ってみましょう〜！」

　などと一人で喋（しゃべ）り続ける、ネコミミ少女の正面に置かれているのは、巨大な鍋である。

「え〜、前回の動画で、牛すじを煮込み始めるところまでは行ったと思います！　ここからはお肉が柔らかくなるまで、ず〜っと煮込みっぱなしです！　煮込み終わったら、一口大に切ったこんにゃくと、別で用意した煮汁と混ぜ合わせて、ようやく完成なんですけどね！　まだまだ長い道のりです！

　とはいえ『ぼっかけ』は、神戸（こうべ）の誇る最強のご当地グルメですからね！　お味の方は、このでたらめちゃんが保証しますよ！　ちなみに、福井（ふくい）県にも同じ『ぼっかけ』という料理があるらしいですが、中身はぜんぜん別物なんですって！　不思議ですよね〜」

　言いながら彼女は、優しい手つきで、火にかけられている鍋の蓋を一撫（な）でして、

「はい！　ではでは、この子の出来上がりを待っている間、特にやることもないので、皆さんからいただいたコメントのお返しでも進めていきましょうかね！

えーまず、マトン村ラム太郎さん。『でたらめちゃんって何歳なんですか？』……うふふふっ、もちろん秘密で～す！」

「……なんだこれ？」

そこまで動画を再生したところで、停止ボタンをタップした喰堂猟子は、唖然と呟いていた。

「なにって、見ての通り、私の動画ですよ」

一方のでたらめちゃんは、平然と言葉を返す。

「一応そちらが、『でたらめちゃんねる』の最新作になるんですけど」

「……『でたらめちゃんねる』？」

「読んで字のごとく、私が運営している、料理系動画配信チャンネルのことですが」

「…………ええ？」

スマートフォンを手中に握ったまま、喰堂は呆然と声を漏らして、

「ちょ、ちょっと待ってくれよ、料理系動画配信？　でたらめちゃんお前、料理系動画配信者だったのか？」

「そんなに驚くようなことですか？　いまどき、珍しくもなんともないと思いますけど」

やはり澄ました顔で、でたらめちゃんは答える。

ちなみに、そんな彼女たちが話し込んでいる場所は、スーパーの駐車場である。

既に日も暮れた時間帯。買い物カートの大量に陳列された、駐車場の入り口付近。

ネコミミパーカーのでたらめちゃんと、スーパーのエプロンを着用した喰堂の姿が、スーパーの電灯に淡く照らし出されていた。二人きりであり、彼女たちの近くに人影はない。

「まあ、早い話がお小遣い稼ぎですよ」

正面の暗闇をぼんやりと眺めつつ、尚も言葉を続けるでたらめちゃん。

「やっぱりね、喰堂さん。いくら私が人間でないとはいえ、人間社会に溶け込んで生活する上では、ある程度のお金はあった方が色々と便利なんですよね。

しかし残念なことに、私はまっとうな手段でお金を稼ぐことはできません。ご覧のとおりの外見年齢ですから、アルバイトなんて応募しても、まず採用されないんです。かといって、まさかスリやひったくりに手を染めるわけにもいきませんよね？」

「……それで、料理系動画配信ってわけか？」

「ええ。動画配信なら、私の見た目の幼さなんて、何一つマイナスに働きませんからね。そしてお料理の動画なら、いくら撮っても苦にはなりません。趣味と実益を兼ねた、私にとってはまさに打ってつけのお金の稼ぎ方というわけです」

「……なるほどなぁ」

喰堂はようやく納得したように頷いて、「ところでこれ、海鳥ちゃんは当然知ってるんだよな？　この動画に映ってるの、思いっきりあいつの家の台所だし」

「もちろんです。海鳥さんには、撮影場所の提供者として協力していただいています。こんないいキッチンを貸していただいて、あの人には本当感謝の言葉もありませんね」

「……ちなみに、実際儲かんのか、こういうのって？」

「それなりに、とだけ答えておきます。少なくとも、あのマンションの部屋の家賃を、海鳥さんと問題なく折半できるくらいには、毎月安定して稼げていますね」

「……まあ、めっちゃコメントついてるもんな、お前の動画」

喰堂は言いながら、『でたらめちゃん、ぼっかけ作りに挑戦（後編）！』のコメント欄を、人差し指でスクロールしていく。

かたつむりくん：めっちゃ美味しそう！　食べてみたい！
山田花子：ぼっかけなんて食べものあるの知らなかった！　どんな味するのかな？
満貫全席：でたらめちゃんって本当に料理の知識量凄いよね～。
パルチザンチーズ：でたらめちゃんの動画、いつ見ても癒される！
ねにもつタイプのつくし：あざとい。
ユースケ：っていうかでたらめちゃん、そろそろお面外してほしいんだけど。
千鳥足ヨタロウ：でたらめちゃん絶対美少女でしょ。一回でいいから素顔見たいな～。

ねにもつタイプのつくし：自分のこと可愛いと思ってそう。
涅槃：わあ、今日も美味しそうですね！　でたらめちゃんもとってもかわいいです！
お先真っ暗幕府：あれ？　ぼっかけって神戸名物だっけ？
ねにもつタイプのつくし：自分のこと可愛いと思っていない女は、ネコミミパーカーなんて着れませんよ！　騙されないでください、トウゲツちゃん！
スリーランスクイズ：@ねにもつタイプのつくし　今日も暴れてて草。
エンジェル係数：つくしいい加減鬱陶しいわ。こいついつBANされるん？

「……はあ～。本当にすげー人気なんだな～」

コメント欄を流し読みしながら、感心したように呟く喰堂。

やがて一通り読み終えたのか、彼女は画面をオフにして、スマートフォンを自らのズボンのポケットへとしまい込んでいた。「……で？　お前が料理系動画配信者なのは、よく分かったけどよ。この『でたらめちゃんねる』が、一体なんなんだよ？」

「………………」

「わりーけど、そろそろ本筋の方を進めてもらえねーかな？　あんまりモタモタしてると、あたしの休憩時間が終わっちまうからよ。

——とりあえず、神戸のご当地グルメが、加古川に次々と盗まれているらしいって話は、まあ理解できたよ。にわかには信じられねーような話だけどよ。実際に現象として起こっている以上は、信じる他ねーからな」

「ええ。話が早くて助かります、喰堂さん」

　でたらめちゃんは頷き返して、「流石、つい二か月前までサラダ油に命を吹き込んでいた人なだけはありますね。嘘の〈実現〉がもたらす奇妙奇天烈への対応力は、そこら辺の常人とは比較にならないというわけですか」

「……いや、普通にめっちゃ困惑はしてるけどな。バイトの休憩時間に、いきなりこんな意味不明な話聞かされてよ」

　ぽりぽり、と喰堂は頬を掻いて、「しかし、個人的に一番分かんねーのは、その『加古川の〈嘘憑き〉』の動機だぜ。神戸からご当地グルメを根こそぎ奪い取るって……そんなアホみたいなことをして、そいつに一体何の得があるんだ？」

「……それは今の段階では、私からはなんとも言えませんけど。やっぱりそれは、当人なりの加古川への愛なんじゃないですか？　事実として、この一件で、一番得をしているのは加古川市なわけですから」

「……加古川への愛、ねぇ」

　喰堂はしかし、どこか釈然としなそうに声を漏らすのだった。

「まあ、加古川が『ご当地グルメ不毛の地』っつーんなら、まだ分からなくもねーんだけどよ。どうも腑に落ちねーな。なんたって加古川には、わざわざ他所から盗ってくるまでもなく、立派なご当地グルメがあるじゃねーか」

「……加古川のご当地グルメ？　もしかして、『かつめし』のことですか？」

怪訝そうに尋ね返すでたらめちゃん。「その話、そういえば奈良さんもされていましたね。正直私、『かつめし』って食べたことがないので、いまいちピンとこないんですけど」

「……!?　食べたことがない!?」

ぎょっとしたように喰堂は叫んでいた。「おいおい、嘘だろでたらめちゃん？　兵庫県に住んでて、『かつめし』を食ったことねーって、どんな冗談だよ。それはマジで人生を半分くらい損してるぜ。悪いことは言わねーから、明日の昼にでも食いに行った方がいいって」

「……はあ。まあ、喰堂さんにそこまで言わせるほどとなると、よっぽど美味しいんでしょうけど」

「ちなみにおススメは、元町にある『かつめし』専門店『かつ救世主』な。そこ、あたしの友達がやってるんだけどよ。マジでうめーから」

「……『かつ救世主』。凄いネーミングですね」

でたらめちゃんは顔を引きつらせて言う。「しかし、『かつめし』専門店なんて珍しいですよね。その喰堂さんのお友達というのは、加古川の方なんですか？」

「いいや違う。生まれも育ちも神戸だよ。あたしよりちょっと年上の女の人なんだけどな。たまたま加古川に旅行に行ったときに、サービスエリアで『かつめし』を食べて、その美味さに人生観を変えられたらしくてよ。『かつめし』の美味しさを世界中に広めるために、

『かつめし』専門店を始めたっていう、筋金入りの『かつめし』フリークなんだ」

「……。それは、本当に変わり種の料理人さんですね」

「ちなみに名前は、桂浜ヨネネさんっつーんだけどよ。『私、名前にまでカツが入ってるのよ～』っていうのが、その人の飲みの席での鉄板ジョークなんだ。面白いだろ？」

「……いや、それは知りませんけど」

「ただまあ、『かつめし』に人生かけてるだけだって、やっぱり味は本物だぜ。なにせその店の『かつめし』がうますぎて、近隣一帯のかつ丼屋が、軒並み閉店に追い込まれたくらいで――」

「……ええと、喰堂さん。分かりました。そこまで言われたからには、私も近い内に、そのお店に伺うことにしますから」

でたらめちゃんは苦笑いを浮かべつつ、喰堂の話をやんわりと遮っていた。

「いったん本筋に戻りましょう。さっきから、ずっと話が脱線しちゃってます」

「……ん？　おお、わりーわりー。あたしとしたことが、つい熱が入っちまった」

喰堂は申し訳なさそうに鼻先を掻く。「休憩時間、もうマジでそんなに残ってねーからな。どんどん話を進めてくれ、でたらめちゃん」

「……そうですね。では、かなり巻き目で話させてもらいますが」

こほん、とでたらめちゃんは、咳払いを一つ入れて、「まず喰堂さん。今日私が、わざわざ喰堂さんのバイトの休憩中に押しかけて、『加古川の〈嘘憑き〉』についての情報をお伝えしたのは、他でもありません。次回の〈嘘殺し〉について、喰堂さんにちょっとした協力をお願いしたいからです」

「……ちょっとした協力？」

「というのも今回の〈嘘殺し〉は、今までとは違って、少しばかり特殊なので」

「……？　どういう意味だ？」

「いいですか、喰堂さん？」

人差し指を一本立てて、でたらめちゃんは言う。「今回の第四の〈嘘殺し〉――標的となる『加古川の〈嘘憑き〉』には、これまで私と海鳥さんが相手取ってきた〈嘘憑き〉たちとは、明らかに異なる点が一つだけあります。それはなんだか分かりますか？」

「……異なる点？」

「現時点で、未だ〈嘘憑き〉の正体が不明である、という点ですよ」

「……⁇」

「たとえば一回目の〈嘘殺し〉。最初の標的である奈良芳乃さんは、たまたま海鳥さんの傍にいてくれましたし、その後標的を疾川さんに切り替えられたのも、たまたま彼女が私たちの前に姿を現してくれたからです。

二回目の〈嘘殺し〉も同様です。海鳥さんが喰堂さんとのやり取りを覚えていたおかげで、このスーパーに手がかりがあるらしいという取っ掛かりを、海鳥さんたちは早い段階で得ることが出来ました。思えば、三回目も同じような感じでしたね」

「……三回目？」

喰堂は眉をひそめて、「……ああ、そういや海鳥ちゃん言ってたな。六月に、西宮北口で頭おかしい音楽家の女とバトルしたとか、なんとか」

「ええ。マタニティーミュージック専門の音楽家、御母堂唄羽さんですね。中々に厄介な相手でした。とはいえ、あのときは奈良さんも積極的に協力してくれたおかげで、そこまで苦戦せずに倒すことができましたけど」

「……あたし、その件については全然絡んでねーから、なんとも言えねーんだけどよ。あの西宮北口に、そんなカルトな音楽家が潜んでいたとか、世も末だよな。あそこって関西で住みたいランキング1位の街じゃなかったのかよ」

「ただ、その御母堂唄羽さんの場合も、妊婦さん専門の音楽教室を西宮北口で開講されていたわけですからね。居所を掴むのは、やはり容易でした」

「……なるほど。だから今回はイレギュラーってわけなんだな」

神妙な顔つきで、喰堂は頷き返していた。「現時点では、『加古川の〈嘘憑き〉』が加古川市民らしいってこと以外は、まだなんにも分かってねーわけだから。まずは奴さんを見つけ出すところから始めなきゃいけねーわけだ。とはいえあの広い加古川から、ただ一人の〈嘘憑き〉を見つけ出すなんざ、性質の悪い冗談みてーだが」

「本当にそうですよ。人口にして、25万人とからしいですからね。いくら嘘の匂いをかぎ分ける私の鼻を以てしても、特定は困難を極めるでしょう」

「そんだけ広いと、サラ子のテレパシーでも厳しいんだろうな」

「サラ子さんのテレパシーの範囲は、このいすずの宮の町内で精いっぱいですからね。それでも十分凄いことではあるのですけど」

　でたらめちゃんは言いながら、やれやれ、という風に肩を竦めて、

「まあ、時間と手間さえかければ、見つけられなくはないかもしれません。しかし今回、既に『ねつ造』がある程度まで進んでしまっている以上、そんな気の長い手段を取ってる余裕はないのです。もっとスマートで、効率的な方法でなければ」

「……じゃあ、どうすんだよ？」

「――ふふっ。そこで『でたらめちゃんねる』と、喰堂さんの出番というわけですよ」

「……はあ？」

「よく考えてみてくださいよ、喰堂さん。本当は、私たちが『加古川の〈嘘憑き〉』さんを見つける必要なんて、どこにもないんです」

　意味深に微笑んで、でたらめちゃんは言う。「『加古川の〈嘘憑き〉』さんに、加古川から出てきてもらえばいいだけの話です。違いますか？」

「はあ～。めっちゃ緊張してきた～」
　午後7時。姫路。

お盆の上に載せられた、多種多様な料理の皿を見下ろしつつ、奈良は呟いていた。

「……緊張？　なにに？」

真横に正座した海鳥が、怪訝そうに尋ねてくる。

「……いや、そんなの言うまでもないでしょ。キミのお母さんのことだよ。ここまで勿体つけられて、意識しない方が無理な話だって」

などと二人が話し込んでいる場所は、床が畳で敷き詰められた、座敷だった。

現在室内には、海鳥と奈良の二人しかいない。料理の皿が載せられたお盆の前で、彼女たちは隣り合うようにして、座布団に腰を下ろしている（海鳥はきっちり正座しているが、奈良の方は今は足を崩している）。そして座布団の上から奈良はチラチラと、部屋の戸の方に視線を送り続けているのだ。

そして奈良は先ほどからチラチラと、部屋の戸の方に、落ち着きなく視線を送り続けている。

「今、新月さんが呼びに行ってくれているらしいけどさ。本当に大丈夫なのかな？　キミのお母さん、部屋に入ってくるなり、私に『帰ってください』とか言ったりしない？」

「……ふふっ、なにそれ？　そんなことあるわけないでしょ？」

不安そうな奈良の声音に、海鳥はくすくす、と笑い声を漏らして、「……でも、そうだね。緊張するっていうのは、私も同じかも」

「え？」

「私も、お母さんと会うのは久しぶりだからさ」

奈良(なら)と同じく部屋の戸の方をを見つめつつ、海鳥(うみどり)は言う。

「おばあちゃんからは、最近はちょっと元気になったたって聞いてるんだけど……実際、どんな感じなんだろ？」

「…………海鳥」

しみじみと呟(つぶや)く海鳥の横顔を、奈良は真顔で見つめる。

――ガラガラガラ。

出し抜けに部屋の戸が開けられたのは、まさにその瞬間だった。

「――っ!?」

ぴん、と反射的に背筋を伸ばす奈良。

彼女はそのまま弾(はじ)かれるように、部屋の戸の方へと、素早く視線を戻す。部屋の入口付近へと、素早く視線を送る。

「……すまん二人とも。待たせてもうたな」

しかし。

部屋の外に佇(たたず)んでいたのは、白髪の老婦人、海鳥新月(しんげつ)だけだった。

彼女はぶっきらぼうに言いつつ、たった一人で、座敷の中へと入って来る。「もうお腹(なか)、ペコペコやろう？　すぐに飲み物取ってくるわ。二人とも、ウーロン茶でええか？」

「…………？」

しかし、そんな海鳥祖母の呼びかけは、奈良の耳には、入っていない。

彼女は、尚も首を長く伸ばすようにしながら、海鳥祖母の後方へと視線を送り続けているのだ。

しかし、待てども待てども、海鳥祖母の後方から、もう一人の人影が現れる気配はない。

「……⁇　ちょ、ちょっと待ってください、新月さん」

とうとう堪り兼ねたように、奈良は直接、海鳥祖母に尋ねていた。

「な、なんで一人なんですか？　海鳥のお母さんは？」

「……。あー、そのことなんやけど」

と、そっぽを向いたままで、海鳥祖母はなにやらごにょごにょと口を開いて、

「……ほんまに申し訳ない。満月は、今日の夕食には不参加や」

「…………え？」

座敷の間に、沈黙が落ちる。

数秒ほどの間、誰も、何も言うことが出来なくなる。

「…………なにそれ？」

沈黙を破ったのは、海鳥ではなく、奈良だった。

彼女は底冷えするような声音で、自らの祖母に問いかけていた。「不参加？　どういうことなの、おばあちゃん？」

「…………東月」

孫の冷ややかな問いかけに、海鳥(うみどり)祖母は俯(うつむ)いて、

「……おらんかったんよ、あの子。今私が、部屋まで呼びにいったら」

「……は？」

「昨夜までは、間違いなくおった筈(はず)なんやけど。多分、私があんたらを迎えに行っとるときに、家を出たんやと思う。今の今まで気づかんかった。ほんまにすまん」

「…………」

「…………ええっ⁇」一拍遅れて、奈良(なら)はぎょっとしたように声を上げていた。「……な、なんなんですか、それ⁉ いなくなった⁉ 要するに、失踪ってことですか⁉」

「……まあ、そういう言い方をすれば、そうなるやろうな」

海鳥祖母は頷(うなず)き返す。

「同居人に行先もつげんと、いきなり行方をくらましたわけやから」

「……い、いやいや！ だとしたら、そんな悠長にしている場合じゃないでしょ！」

ばたばたっ、と興奮したように、奈良は両腕を振り回して、

「普通にこれ、事件じゃないですか！ とりあえず、警察に連絡とか——」

「……はっ。そんなんなんの意味もないわ」

「……え？」

「考えてもみい。未成年の子供が家出した言うんやったらともかく、満月(まんげつ)はええ大人や

で？　何の事件性もない、ただの外出や。警察が動いてくれる筈ないやろ」

苦笑いを浮かべて、海鳥祖母は言う。

「それにな。実を言うと、今回が初めてていうわけでもないんよ」

「……？　初めてじゃない？」

「たま〜にあるねん。普段は引きこもりの癖して、突然思いついたように、満月が失踪すること。長くても、三日もしたら、いきなり帰ってきよるねんけどな。まあ、発作みたいなもんなんや。せめて行先だけは教えといてくれ、言うても、まったく聞きよらん」

「………そんな」

海鳥祖母の言葉に、奈良は無表情で、がっくりと項垂れていた。「私、今日はようやく海鳥のお母さんに会えると思ってたのに。し、失踪って……」

「………。ごめんね、奈良」

と、そんな奈良の耳元で、海鳥が悲しそうな声音で囁きかけてくる。

「本当に、なんて謝ったらいいか分からないよ。奈良はお母さんに会うために、わざわざこんなところまで来てくれたのにね。よりにもよって当の本人が、それをすっぽかしちゃうなんて……奈良が来るって、あの人はちゃんと知っていた筈なのに」

「……海鳥」

「……あまりにも、奈良に失礼すぎるよ。いい大人がすることじゃない。まさか実家に帰ってきて、こんな酷い仕打ちをされるとは、思わなかった」

海鳥の瞳は、深い悲しみの色に染まっていた。

——結局その日の夕食は、海鳥東月と、奈良芳乃と、海鳥新月の三人きりで、粛々と済まされたのだった。

◇◇◇◇

「……それで、東月はどないやった、芳乃ちゃん？」

ため息まじりに、海鳥祖母は問いかける。

「やっぱり、落ち込んどったか？」

「……はい。正直、かなり」

奈良は頷き返して、

「今も部屋のお布団の上で、電池が切れたみたいに突っ伏していると思います。私がなに話しかけても、あんまり反応がない感じで」

「……まあ、そらそうなるやろなぁ。あの子からしたら、一年半ぶりの母親との再会でもあったわけやし。それがこんな形になってしまうなんて……なにより芳乃ちゃんには、ほんまに申し訳ないことしてもうたな」

「……いえいえ。私は本当に気にしてないので」

奈良は無表情で、相手を気遣うような口調で答えるのだった。「海鳥のお母さんにも、何か事情があったのかもしれないですし。そもそも、別に今日じゃなくても、お会いできる機会はいくらでもある筈ですからね。

　まあ、せっかくのお泊りなのに、海鳥に元気がないことは残念ですけどね〜。一緒にお風呂に入ったりとか、したかったので。この家のお風呂、めっちゃ広そうですし」

「……いや、別に言うほど広くはないけど」

と、海鳥祖母はそこまで言いかけて、「——!?　い、いたたた！　ちょっと芳乃ちゃん！　ストップ！　ストップして！」

「……はい？」

「そ、それは流石に痛すぎる！　堪えられへん！　堪忍してくれ！」

「……えー？　これ、そんな痛いですか？」

　ぐりぐり、と海鳥祖母の肩に肘を入れたままで、奈良は言う。「でも、ちょっとくらいは痛くしないと、気持ちよくなれませんよ？　そもそも痛いのって、凝ってる証拠ですし」

「……そ、それはそうなんやろうけど、せめてもうちょっと加減してくれ！　こっちは老体なんやから！」

　そこは、先ほど夕食を食べていた場所とは、また別の座敷のようだった。

　その畳の上で、奈良芳乃と海鳥祖母の二人は、縦に並ぶようにして座り込んでいる。

「……しかし、ほんまにええんか芳乃ちゃん？　別に私に気を遣うことはないねんで？　いくら東月が気落ちしとるとはいえ、こんな老いぼれの肩なんか揉んでも、楽しくもなんともないやろ。部屋でスマートフォンでも眺めとる方が、まだしも有意義なんとちゃうか？」

「あははっ。いやいや、そんなつれないこと言わないでくださいよ、新月さん」

ふにふに、ふにふに。

無表情で笑い声を返しながら、今度は優しい手つきで、肩揉みを再開させる奈良。

「私、人の肩揉むの結構好きなんですよ。自分の家にいるときも、よくパ——じゃなくて、父や母の肩を揉んだりしてるので」

「……。ふぅん、そうなんか」

肩を揉まれるがままの海鳥祖母は、前を向いたままで相槌を打って、

「……ちなみに芳乃ちゃん。この機会に、一つだけ訊いておきたいんやけど。あんた、東月の『体質』については、ちゃ、ちゃんと知っとるんか？」

「……え？」

唐突な問いかけに、奈良は虚を突かれたように息を漏らす。「……？『体質』？『嘘を吐けない』のことですか？」

「……うん。やっぱり知ってくれてるんやな」

返答を受けて、なにやら安堵したように頷く海鳥祖母。

「あの子が、自分から教えたんか？」

「……あー。いや、厳密にはそういうわけじゃないんですけど。色々ありまして」

「……？　よう分からへんけど、まあええわ。芳乃ちゃんが、その事実を知った上で尚、東月と一緒にいてくれるいうんやったら」

「……っていうか、新月さんも知っているんですね。あの子の『体質』のこと」

「そんなん当たり前やろ。五年も一緒に生活して、分からん方がどうかしとる」

「………………」

　と、そんな海鳥祖母の後頭部を、奈良はまじまじと見つめながら、「あの、新月さん。私の方からも、一つだけ質問いいですか？」

「……質問？　なんや？　もちろんなんでも訊いてくれてええけど」

「なんでお孫さんに、わざと怖く接するんですか？」

「……は？」

　海鳥祖母は驚いた様子で、奈良の方を振り向いてくる。

「私、最初は普通にビビッていたんですよ。ここに来るまで、あの子から散々、新月さんについての話を聞かされていたので。どんなおっかないおばあさんが出てくるんだろうって。

　でも実物を見てみたら、新月さん全然そんな感じじゃないし。私、拍子抜けしちゃって」

「………………」

「ねえ、なんでなんですか？　どうして海鳥に、もっと普通に接してあげないんですか？　そうしたら海鳥だって、新月さんのこと、怖がったりしなくなると思うんですけど」

「…………」

ただただ無言で、奈良の表情を見つめ返す、海鳥祖母。

が、ややあって彼女は、またも正面を向き直して、

「……。なあ芳乃ちゃん。あんた、あの子の母親のことは、実際どこまで知っとるんや？」

「……え？」

「今日、本人とは会われへんかったわけやけど。どんな人間なんか、東月からまったく教えてもらってないわけでもないやろ？」

「…………？」

　脈絡のない問いかけに、奈良は無表情で首を傾げて、「……いや、別にいうほど、海鳥から事前に情報は聞けてないですけど。でも一つ覚えているところで言うと、確か、凄いお若いんですよね？

　これ、海鳥と知り合ったばかりの頃に訊いた話だと思うんですけど。今の時点で、まだ30代半ばだとか……」

「正確には34歳やな」

　海鳥祖母は淡々とした口調で答えてくる。「学年的には、35歳や。東月を出産したのが、あの子が17歳、高校三年生に当たる年やったから」

「……ええと、その、それはいわゆる」

　奈良は言葉を選ぶようにして、

「授かり婚ってやつですよね？　今風に言うと」

「……いいや、それは違う」

「え？」

「授かり『婚』ではない。そもそも結婚をしてへんのや。東月の父親は、東月が生まれる前には姿を眩まして、それきりやから。私らは、その男の顔を見たことすらあらへんよ」

「…………」

「……しかし、知り合った頃に訊かされたんか。こんな重たい話」

ふふっ、と海鳥祖母は、微かに笑い声を漏らして、

「あんたも、さぞ反応に困ったことやろうな。ふふふふふっ、すまんかったな～。東月は他人との距離感測るのが、とにかく苦手な子やから」

「……いや、別に困りはしませんでしたけど」

無表情で、奈良はぽりぽり、と頬を掻いて、「ただ、ちょっと想像つかない話だな～、とは思いましたね。私、そのとき15歳とかだったので。17歳で出産って、その二年後ってことですもんね」

「……そんなもん、想像つかへん方が普通や。子供は子供が産むもんとちゃうねんから」

海鳥祖母は言いながら、深くため息を吐いて、

「ちなみに私は、一生で五人の子供を産んでんけどな。満月は、その最後に生まれてきた子で、はじめての女の子やってん。

小さい頃から内向的で、自己主張が苦手な子でな。正直な話、四人のお兄ちゃんらとは何もかもが大違いで、私もえらい苦労したもんやわ。学校でも、ぜんぜん友達は作られへんかったみたいやし。少なくとも中学に上がるまで、あの子が誰かと遊んでいる姿を、私はほとんど見たことあらへん」

「……でも、そんな人が高校二年生のときに、突然子供を妊娠したんですよね」

「せやからあのときは、ほんまにひっくり返りそうになったよ」

ふふっ、と苦笑いをこぼしながら、海鳥(うみどり)祖母は言う。

「まさか満月(まんげつ)がそんなことになるなんて、この家の人間は誰一人想像してなかったからな。特におじいちゃん——もう今は死んでもうた私の旦那なんて、かんかんやったわ。『出産なんて絶対に許さん。今すぐ堕(お)ろせ!』の一点張りで」

「……。まあ、そういうことが起こったら、そういう反応になりますよね。周りの大人的には」

「正直私も、そのときは、旦那と同じ意見やったよ。子供産むいうのは、綺麗(きれい)ごとと違う。育てていく準備もないのに、子供が可哀想(かわいそう)やから産むいうのは、親のエゴや。

……ただまあ私としては、どうしてもどうしても産みたい言うんやったら、産ませたってもええんちゃうかとは思うとったな。あの子一人で育てるんは難しくても、私らが助けたればええわけやから。ウチには他所(よそ)よりもお金があったし。こんなん、ほんまは間違った考え方なんやろうけど」

「……で、海鳥のお母さんは、なんて言ったんですか？」

「どうしてもどうしてもどうしてもどうしても産みたい、言うとったな」

　海鳥祖母は即答してくる。

「あの子が、あんなに激しく自己主張している姿を見たんは、あれが最初で最後やったわ。父親にどんなに怒鳴りつけられても、一歩も引かんとな。どころか、『一度でも赤ちゃんを堕ろせと言った人間の力は借りたくない』『自分一人だけで育てる』言うて、東月と一緒に、姫路の家を飛び出して行きよった。当然、高校も退学してな」

「……それ、なんとかなったんですか？」

「……なんとかならんかったから、六年前に、姫路に戻ってきたんやろ」

　もの悲しそうに海鳥祖母は呟いていた。

「まあ、当たり前の話やわな。なんの苦労もせんと育ってきた箱入り娘が、いきなり17歳で子供と二人社会に放り出されて、やっていける筈もないんやから」

「…………。ええと、新月さん。海鳥が出生した流れについては、おかげさまでよく分かったんですけど。

　それで結局その話が、新月さんが海鳥に怖く接する話と、どう繋がるんですか？」

「…………」

「……新月さん？」

「……分からんのよ」

「え？」

「私みたいなもんが、あの子に対してどんな接し方したらええのか、私には分からんの」

前を向いたままで、海鳥祖母は答えてくる。「私には、あの子のおばあちゃん面をする資格なんか、ないわけやから」

「…………？」

「分からんか芳乃ちゃん？　満月が東月と二人で、ほんまに大変な思いをしているとき、私はあの子らになんもしてあげられんかったんやで？　満月が働き過ぎた反動で、こうして部屋に引きこもるようになってしまったのには、私にも大きな原因があるんや。そんな人間が、どうして東月の前で、普通におばあちゃん面なんか出来るんよ。私にはもう、そんな資格あらへんのに」

自嘲気味な声音で、海鳥祖母は言う。

「だから東月が姫路におったときも、私は出来るだけ、あの子に関わらんようにしとった……そういう私の振る舞いを、あの子が『おっかない』言うんとるんやったら、なるほど私は『おっかない』んやろう。別にそれを、ことさら否定したいとも思わへんけど」

「…………」

そう語る海鳥祖母の後ろ姿を、奈良は無言で見つめている。

「……ええ？」

が、ややあって彼女の口から発せられたのは、そんな呆れたような声音だった。「いや、ちょっと待ってくださいよ。なんですか、そのよく分かんない理由」

「……え？」

「ぜんぜん理由になってないっていうか……なんですか『資格』って。普通におばあちゃんとして、海鳥に優しく接してあげればいいだけの話じゃないですか？」

「…………！」

途端、海鳥祖母は物凄い勢いで、奈良の方を振り向いてくる。「は、はあ⁉　なに言うとんのあんた！　話聞いとった⁉　せやからこれは、そんな簡単な問題やなくて――」

「話を聞いた上で、私には簡単な問題としか思えませんでしたけど」

奈良は真顔のまま、海鳥祖母を真っ直ぐに見つめ返す。「っていうか新月さん。結局『資格』とかなんとかいって……ただ単に、孫と上手くお喋りできない言い訳をしているだけだったりして」

「……っ⁉」

その瞬間だった。

かああ、と、海鳥祖母の頰が、真っ赤に染まっていた。

彼女は金魚のように口をパクパクさせて、「……知らんっ！　知らん知らん知らんっ！あんたが何を言うとんのか、私にはさっぱり分からん！」

「…………新月さん」

「み、身内以外の人間に、私らの関係性を簡単に分かられてたまるか！　この話は、これでおしまいや！」

「…………」

「……ほら芳乃ちゃん！　肩揉んでくれる言うんやったら、続きしてくれんか!?　そんな中途半端なところで止められたら、肩が痒なってしまうわ！」

「……はーい、分かりました」

気だるげな口調で返しつつ、肩揉みを再開させる奈良だった。（……なるほど。顔立ちだけじゃなくて、中身も似てるんだね、色々と）

◇◇◇

「あ～、良いお湯だった～」

そして、そのしばらく後。

身体からぽかぽかと湯気を立てながら、パジャマ姿の奈良は、海鳥の実家の廊下を歩いていた。

（……しかし、何が『言うほど広くないけど』だよ、新月さん。あの檜風呂が広くないなら、私の家のお風呂なんて、ビニールプールみたいなものだって。本当に、海鳥がグロッキーでさえなければ、一緒に入れたのにね。

まあでも、お風呂に入る前に新月さんとお喋りできたのは、良かったかも。あれだけで、姫路に来た元は十分取れたって感じ）

彼女は内心でそう呟きつつ、上機嫌な足取りで、部屋に向かって廊下を進んでいこうとするが――

「あっ！」

突然、ハッとしたように小さく声を漏らして、その場に立ち止まっていた。

（……そういえば、『あれ』についても、新月さんに訊いておくべきだったかな？）

彼女の脳裏に浮かぶのは、先日海鳥からかけられた、ある一言である。

――お母さん、私のせいで、心がボロボロになっちゃったから。

――嘘を吐けない娘なんかと一緒に生活したせいで、疲れちゃったから。もうずっと、お仕事もしてないんだ。だから今は、姫路の家で療養してるの。

（あれ、どういう意味なんだろう？　海鳥のお母さんが引きこもりになったのは、働き過ぎたせいだって、新月さんは言っていたけど……海鳥自身は、そうは思っていないってこと？　いやまあ、流石にこの件については、本人に直接訊くべきなのかもしれないけど――）

「……ん？」

と、そんなとき。

あくまで思考のために足を止めていた奈良は、真横にある襖の向こうから、なにやら物音が漏れ聞こえてくるのに気づいていた。

「……？」

首を傾げつつ、奈良は襖に近づいて、その表面に耳を当てる。

——途端、物音がより鮮明になって、奈良の鼓膜へと響いてくる。

「それで、話ってなんなの、おばあちゃん？」

それは、人間の話し声だった。

人間の、というか、どう聞いても、海鳥の声音だ。「呼ばれたから、ここまで来たけど……私、今日はもうお風呂に入って、早く寝たいんだけど」

「……まあ、そう言うなや東月。そないに時間は取らせへんから」

続いて発せられたのは、こちらもどう聞いても、海鳥祖母の声音。「一つだけ、あんたに訊きたいことがあるいうだけや。それさえ答えてくれたら、すぐにこの部屋を出て行ってくれて構わへんで」

「……？　訊きたいことって？」

「……。なあ東月。あんた今、学校楽しいんか？」

「え？」

「大事なことやから、ちゃんと答えてくれ。私は今回、これを訊きたいがために、あんたをこの家まで呼び戻したんや。

　あんたの神戸での毎日は、今どんな感じや？　姫路におったときと同じで、辛いままか？　それとも、神戸で一人暮らしを始めて、なんか変わったんか？」

「…………」

（……ちょっと芳乃？）

怪訝そうな声音が、奈良の体内から、彼女の脳内に直接響いてくる。

（どうしたの？　急に立ち止まったりなんかして。部屋に戻るんじゃないの？）

（…………）

襖に耳をくっつけたままの奈良は、そんな羨望桜の問いかけを無視する。

「……ええと」

若干の沈黙のあと、またも海鳥の声が響いてくる。

「なんでおばあちゃんが、私にそんなことを聞いてくるのか、ぜんぜん意味が分からないんだけど……とにかく、普通に今の生活に対する、私の心のままを答えればいいんだよね？」

「もちろんや。そもそもあんたには最初から、それしか出来へんやろう」

「……うん、まあ、それはそうなんだけど」

明らかに戸惑っていると分かる声音で、海鳥は、おずおずと言葉を続けていく。「……あのさおばあちゃん。実は私、ちょっと前に、家でお好み焼きパーティーを開いたんだよね」

「…………は？」

出し抜けに言い放たれた言葉に、海鳥祖母は、唖然とした声を漏らす。

「……なんやって？　お好み焼きパーティー？」

「うん。ホットプレートを使って、自前でお好み焼きを焼いて、みんなで食べたんだよ。確か、終業式の夜のことだったかな」

「……お好み焼きパーティーやと？　あんたが？」

意味が分からない、という海鳥祖母の声音。

「しかも、『みんな』ってなんや？　芳乃ちゃんと二人でやったわけでもないんか？」

「うん、違うよ……あの場にいたのは、私と奈良を入れて、六人だったかな」

「…………!?　ろ、六人!?」

「ちなみに、学校の友達とかではないよ。他の四人は、別口の知り合い。それから本当は参加予定だった人と、参加するかもしれなかった人が、それぞれ一人ずついるんだけど」

「………………」

海鳥祖母は、しばらく言葉を返すことが出来ない。

告げられた事実に、よほどの衝撃を受けているらしい。

「ちょ、ちょっと待ってくれ、東月。おばあちゃん、理解が追い付かん。まず学校以外の別口の知り合いって、なんや？　バイト先の知り合いか？　それ、女の子だけか？」

「……っ！　え、ええと」

と、そこで海鳥は、露骨に声を上ずらせて、「ま、まあそこはいいでしょ？　どんな知り合いでも……あと、もちろんみんな女の子だよ！　当たり前のことだけど」

「……いや東月。おばあちゃんは別に、あんたを問い詰めたいわけやなくてやな。ただただ驚いとるんよ。あんたに、一緒にお好み焼きパーティーを開けるような仲の良い相手が、そんなにたくさん出来るなんて……」

「……いや、どうだろうね。ごく一部、私と仲がいいとは言えない相手も、含まれているような気もするけど」

苦笑交じりに海鳥は答える。「でも、私もおばあちゃんと同意見だよ。自分でも信じられないよ。まさか私に、人生でそんなに沢山の人に囲まれる日が、来るだなんてさ……」

「……東月」

「おばあちゃんも知ってるよね？　私、中学まではこの『体質』のせいで、クラスでもぜんぜん仲の良い子が作れなくてさ。それどころか、『空気読めない』とか『うざい』とか言われて、嫌われてて……だから15歳のときには、私はもう、色々なことを諦めちゃってて。

どうせ私には、仲の良い相手なんて、一生作れないんだ。私はこの先一生、独りぼっちで生きて行かなきゃいけないんだ。そう自分に言い聞かせるようにして……心に空いた寂しさの穴を埋めるためだけに、間違った『代償行為』に手を染めるだけの毎日だったよ」

「……『代償行為』？」

「……っ!?　あ、ああ、いや、それは本当になんでもないんだけど！」

こほんっ、こほんっ、と不自然に咳払い(せきばら)を入れつつ、海鳥は言葉を続けていく。「でもねおばあちゃん。だからこそ、私は不思議なんだ。少なくとも今、もちろん奈良も含めて、私の周りにいてくれる人たちはさ。私の『体質』のことを、みんな知っている筈なのに……誰もそのことを気にしないの。

　私は普通じゃないのに、ヘンな奴なのに、みんなみんな、私のことを受け入れてくれるの。私に『いていい』って言ってくれるの」

「………」

「私、それが凄く心地よくて。信じられないくらいに満ち足りてて……だから、さっきのおばあちゃんの質問に対しては、今の私は、こう答えるよ。

　姫路にいたときとは、ぜんぜん違う。私は今、毎日が凄く楽しい。あのとき姫路の家を飛び出して、神戸で暮らし始めて、本当によかった――って」

「………海鳥」

　襖を隔てて、思いがけず、呟きを漏らしてしまう奈良だった。

（……ねえ、ちょっと芳乃？　一体いつまでそうしている気なの？）

　と、そんな彼女に対して、訳が分からないという口調で、羨望桜が問いかけてくる。

（どうして盗み聞きなんてする必要があるの？　話を聞きたいなら、普通の部屋の中に入ってしまえばいいじゃないの）

（……羨望桜）

奈良は、自らの胸元へと視線を下ろして、

（……いや、いいんだよ）

そう、穏やかな声音で答えていた。

（部屋になんか入らなくても。訊（き）きたいことは、もう訊けたからね）

（……？）

（さ、そろそろ戻ろうか、羨望桜。キミに言われるまでもなく、盗み聞きなんて、良くないことさ）

「はあ？　なんやそれ？」


だが。

襖の前から立ち去ろうとした奈良は、寸前で部屋から漏れ聞こえてきた、海鳥祖母の声に、足を止めてしまっていた。（……え？）

「ちょっと待て東月（とうげつ）。最後にあんた、なんて言うた？」

「……え？　な、なにが？」

「最後というか、最後の方や。なんか一言だけ、聞き捨てならん言葉が聞こえてきたで」

「………？」

「いや、途中まではほんまに良かったんよ。あんたの周りに、今はそういう人たちがいると知れて、おばあちゃんはホッとした。あんたに一人暮らしをさせて正解やったと、心の底から思えた——でも、最後からちょっと前の一言を聞いた瞬間、そんな安心は一瞬で消し飛んだわ」

「……最後からちょっと前の一言？」

「——私に『いていい』って言ってくれる。あんた確かに、そう言うたよな？」

険しい声音で、海鳥(うみどり)祖母は問いかける。「ほんなら訊(き)くけどやな、東月(とうげつ)。もし、『いては駄目』って言われたら、どうするんや？」

「……え？」

「あんたのことを受け入れてくれる人たちが——たとえば芳乃(よしの)ちゃんが、もしもあんたのことを拒絶したら、どうするんや？　あんたのことを嫌い言うたら、どうするんや？　あんたはそれを、素直に受け入るんか？」

「………⁇」

問いかけに、訳が分からないという風に、海鳥は吐息を漏らして、「……ちょ、ちょっと待って、本当になんなの、その質問？　も、もしかして奈良(なら)、私のいないところで、おばあちゃんに何か言ってた？」

「……いいや違う。あの子はあんたの悪口なんか、一言も言ってへん」

毅然(きぜん)とした口調で、海鳥祖母は言う。

「これはあくまで、あんたの考え方を訊いとるだけや。意味はいまいちわからんくても、

『もしも』の質問としてなら答えられるやろう」

「……『もしも』の質問？」

「もしも芳乃ちゃんに拒絶されたら。もしも芳乃ちゃんに嫌われたら。そのときあんたは、自分がどういう選択をすると思う？」

……。……。

（……芳乃？）

不安そうに声を発していたのは、羨望桜(せんぼうざくら)だった。

（ど、どうしたの？　肩が震えてるわよ？）

「………」

奈良は、何も答えない。

彼女はただ、襖(ふすま)の向こうから漏れ聞こえてくる声に、耳を澄ませている。

「……もしも。もしも、そんなことになったら」

そして海鳥は、少しだけ思考するように沈黙したあと、

「……まあ、普通に絶縁するんじゃないかな」

と、淡々(たんたん)とした口調で、答えを返していた。「もう二度と二人で喋(しゃべ)ったり、遊びに行ったりしなくなると思うよ。完全に縁を切るから」

「…………絶縁？」

一方の海鳥祖母は、声を震わせて、海鳥の答えを反芻(はんすう)する。「……絶縁って、なんでや？

芳乃ちゃんは、あんたにとって、かけがえのない友達やないんか？」

「……確かに、かけがえはないけど」

困ったような声音で、海鳥は言葉を返す。

「でもその場合は、もうどうしようもないからね。『前提』が崩れちゃってるんだから。私の気持ちなんて二の次にして、すぐに離れてあげないと」

「……『前提』？」

「うん。奈良が私のことを、好きだっていう前提だよ」

「……は？」

「当たり前のことでしょ？　私と奈良が仲良くしていられるのは、奈良が私のことを好きでいてくれるからなんだから。そうじゃなくなったら、もう今の関係は続けられないよ。私は奈良と、仲良くできない。しちゃいけない」

「………」

「あのさ、おばあちゃん、勘違いしているのかもしれないけど、私たちって別に友達じゃないからね？

私たちは、ただの仲良しだから」

「………東月」

悲しそうな、海鳥祖母の声が響く。若干の間の後、響いてきたのは、悲しそうな海鳥祖母の声。

「……なあ、東月。この場で一つだけ約束してくれへんか？」

「……約束？」

「あんたの考えは、よう分かった。別に何をどう考えようと、あんたの自由や。私もそれに、ケチはつけん。

ただな――芳乃ちゃんだけには、今の答え、絶対に伝えたらあかんからな」

「…………なにそれ？」

どこまでも怪訝そうに言う海鳥だった。「そんなの、言われなくても伝えるつもりはないけど、なんで？」

（…………芳乃）

「…………」

無表情で、その場に蹲ってしまう、奈良だった。

5　衝突と捕獲

「でたらめちゃんねる～！」

ある平日の昼下がり。

雲一つない青空の下。

深い木々に囲まれた、ある神社の境内にて。

でたらめちゃんは、境内全体に響き渡るほどの大声で、タイトルコールを読み上げていた。

「やあやあ！　動画をごらんの皆様、お久しぶりです～！　皆さんお待ちかね、『でたらめちゃんねる』のお時間がやってまいりました！

お送りするのは毎度おなじみ、でたらめちゃんです！　で・た・ら・め・ちゃ・ん！ちゃんまで含めて名前です！　平仮名七文字きっかりで、でたらめちゃんです！　本名で～す！」

神社の本殿を背に、ゆらゆらと身体(からだ)を揺らしつつ、明るい調子で捲(まく)し立(た)てていくでたらめちゃん。その素顔は、ネコのお面によって、すっぽりと覆い隠されている。

「さてさて！　本日は、普段の動画とは一味違います！　なにせ緊急生配信です！　今こうして喋(しゃべ)っている私の声が、リアルタイムで、全世界に視聴者の皆さんに届いているというわけなのです！ ひゃあ～、どっきどきですね！」

でたらめちゃんは興奮したように、ばたばたっ、と両手を振って見せて、

「ちゃんと放送できているのか、正直不安でいっぱいですよ～！ ……ちなみに、どんな感じですか、うーみんさん？ 放送、ちゃんと問題なく流れてます？」

「……え？ あ、うん。大丈夫だと思うよ、でたらめちゃん」

と、そんな呼びかけに、『画面の外側』から、緊張したような少女の声が返されてくる。

「正直、確認の仕方がいまいちよく分からないんだけど……たくさんコメントがついているってことは、とりあえず放送は出来てるってことでしょ？」

「ええ、それではばっちりですよ！ ありがとうございます、うーみんさん！」

でたらめちゃんは親指を立てて言いながら、再び正面の方を向き直って、

「ではでは、早速本題に入りたいと思います！ まずは皆さん、今私が立っている場所をごらんください～！」

ばっ、と両手を広げて、バンザイの体勢を取るでたらめちゃん。

「……はい！ ごらんの通り、神社です！ 具体的には神戸市中央区、三宮駅からバスで10分ほどの、有馬街道沿いの山の中にある、××神社さんですね！

なんて、こんな風にいきなり神社を見せられても、皆さんは何のことだか分からないでしょう！ 『え？ は？ なんで神社？』なんてコメントで動画の画面が埋め尽くされているのが、目に浮かぶようです！ もちろん今回の生配信は、本日から『でたらめちゃん

ねる』が、料理配信チャンネルから寺社仏閣巡りチャンネルに路線変更するというご報告ではございませんよ！」

台本を読んでいるわけでもないのに、立板に水を流すように、言葉を捲し立てていくでたらめちゃん。普段の彼女よりも、よりいっそう饒舌である。なにかの『スイッチ』でも入っているかのようだ。

「まあ、勘のいい方はもうお気づきかもしれません……夏休みに神社と来れば、導き出される答えは、たった一つしかありませんよね！　そう、夏祭りです！

夏祭り、いいですよね～！　りんご飴、わたがし、ベビーカステラ！　考えてみたら、普段から言うほど食べるものでもないのに、お祭りで見かけると、ついつい全部買ってしまいます！　あれ、なんでなんでしょうね～？

……ただ、知ってましたか皆さん？　お祭りって、お客さんとして屋台を巡るのもいいですけど、屋台を『やる側』に回ると、もっともっと楽しかったりするらしいですよ⁉」

でたらめちゃんは、くるくる、と人差し指を回すようにして、

「ふふふふっ！　ここまで言ってしまえば、もう勘の良い方でなくてもお気づきですよね！　そうです！　今日は皆さんに、とっても大切なお知らせがあるんです！

『でたらめちゃんねる』、夏休み緊急企画！　なんとなんと、今月末に行われるこの××神社のお祭りに、この私でたらめちゃんが、屋台を出店することが決定しました！」

わー、わー！　などと言いながら、一人で手をぱちぱちと叩くでたらめちゃん。

「屋台ですよ、屋台！　つまり、私のお店ってことです！　当然、私が実際に料理を作ります！　びっくりですよね～！

　もちろんもちろん、現地に足を運んでいただけるなら、視聴者の皆さんに私の料理を食べていただくことだって可能です！　というかぶっちゃけ、それが主目的です！　早い話が、チャンネル史上初のオフ会企画というわけですね！　形はちょっと変則的ですけど！

　私、ずっと前から視聴者の皆さんとお会いしたい、出来ることなら私の作った料理を直接食べていただきたいと思っていたので、今回の企画は、その個人的な願望を叶えた形になります！　遠くにお住まいの方、忙しい方、色々いらっしゃるとは思いますが、もしも来ていただけるなら、私とっても嬉しいですよ！

　私は当日、ずっと屋台に立っているつもりですので、それはもうがんがんに話しかけてくださって構いません！　とはいえ、お喋りするだけで料理の方を買ってくれない人がもしもいたらちょっと拗ねちゃうかもですね！　なんちゃって～！

　……え？　屋台をやるのは分かったけど、具体的に、どんな屋台を出店するのかって？」

　こほん、とでたらめちゃんはそこで、勿体をつけるように咳払いをして、

「んんっ！　えー、聞いて驚かないでくださいよ皆さん……『そばめし』です！

　そ・ば・め・し！　焼きそばと白ごはんを一緒に炒めて食べる、あれのことです！　皆さんも、人生で一回くらいは食べたことがあるんじゃないですか？

　ちなみに、『そばめし』を選んだ理由はもちろん言うまでもなく、今回のお祭りが神戸市

で開かれるからです！　そばめしと言えば、我らが神戸の誇るご当地グルメですからね！」

　そこまで一気に言い終えて、流石に疲れたのか、一呼吸入れるでたらめちゃん、「……さて、ご報告は一旦以上なのですけど。気になるのは、視聴者の皆さんの反応ですよね～。どうですか、うーみんさん？　視聴者の皆さん、どんなコメントしてくれてます？」

「……えーと、ちょっと待ってね」

　でたらめちゃんの呼びかけに、またも返されてくる、『画面の外』の少女の声。

「……！　うわっ、凄い！　た、沢山コメントついてるよ、でたらめちゃん！」

「えー、本当ですか～？　ちょっと幾つか読み上げてくださいよ、うーみんさん～」

「うん。ええとね……『特別企画、すごいびっくりした！　絶対行く！』『でたらめちゃんの料理実際に食べられるとか、最高過ぎるでしょ』『神戸か～、行けるかな～？』『でたらめちゃんのためなら遠征余裕』『でたらめちゃん、神戸住みはこれで確定か』『でたらめちゃんと会話できるとか嬉しくて死にそう！』」

「……おお！　皆さん、おおむね喜んでくれているっぽいですね！　嬉しいです！」

『画面の外』の少女の言葉に、でたらめちゃんは感激したように、身体を震わせて、

「――ところで、うーみんさん。そういえば私としたことが、まだあなたのことを、視聴者の皆さんにご紹介出来ていませんでしたね」

「えっ？」

「視聴者の方からしたら、訳が分からないと思いますよ。『この可愛い声の持ち主は、一

すからね。

体誰？』って。これまでずっと、『でたらめちゃんねる』は、私一人で回してきたわけで

と、いうわけでご紹介します！　たった今、私と会話をしていた女の人は、うーみんさ

ん！　なんとなんと、我が『でたらめちゃんねる』の臨時メンバーなのです！　皆さん、拍手拍手！」

「えっ、ええっ？」

慌てたように声を漏らす、『画面の外』の少女だった。「あっ、こっ、はじめまして、動画をごらんのみなさん……！　臨時メンバーの、通称うーみんです……！」

「……ふふふっ！　どうです皆さん。とってもとっても可愛い声でしょう～？　本人の希望で、今回は声だけの出演なんですけど、実は見た目もすご～く可愛いんですよ！」

でたらめちゃんははやし立てるような口調で言う。「うーみんさんは、私の個人的なお友達なんですけどね！　今回の企画では、私の屋台のお手伝いをしていただけることになっているんです！　さしもの私も、生まれて初めての屋台、一人で回していくのは中々に厳しそうなので、今回はネコの手、もといお友達の手を借りることにしました！

このうーみんさんは、声や見た目が可愛いだけでなく、普段は駅前のネットカフェでアルバイトをされているので、その接客スキルは折り紙つきなんですよ～！　今回かなり無理を言って、臨時メンバーに加わっていただきました！」

「……う、うーみんです！　こ、声も見た目もぜんぜん可愛くないですけど、接客は頑張

るつもりです……！　よろしくお願いします……！」

「ふふふふっ！　実物のうーみんさんがどれだけ美少女でも、ナンパとかしちゃ駄目ですからね、皆さん！」

冗談めかしたような口調で、でたらめちゃんは言いながら、

「…………。さて、これで言うべきことは、本当の本当に全部言い終わってしまったんですけど。残り時間は、一体なにをしましょうかね？」

と、そこでくいくいっ、となにやら『画面の外』に向けて、小刻みに手を動かしていた。まるで誰かに対して、なんらかの合図を送っているようである。

「……でたらめちゃん？」

そんな彼女の挙動に、『画面の外』の少女は、戸惑ったような声を漏らすが、

「——あっ！　し、しまった！　そうだった！」

不意にハッとしたように、小声で呟（つぶや）いて、「…………。…………。…………。え、ええと、でたらめちゃん。そ、そういえば、さっきからコメント欄の方に、いくつか気になるコメントがついているみたいなんだけど……」

「……え～？　気になるコメント～？」

『画面の外』の少女の声に、わざとらしく驚いたような声を返すでたらめちゃん。

「なんですか～、それ？　なんだか聞き捨てなりませんね～。ちょっと読み上げてもらってもいいです、うーみんさん？」

「……う、うん。『そばめし』についてなんだけど」

「……『そばめし』？」

『あれ？　そばめしって、神戸名物だっけ？』『でたらめちゃん間違えてる。そばめし神戸じゃない』『そばめしは加古川のご当地グルメだと思います』『そばめしって加古川じゃなかった？』『もうみんな指摘してるけど、そばめしは加古川だよね。同じ兵庫県内だから、でたらめちゃん勘違いしちゃったのかな？』

「……はあ？」

でたらめちゃんは、やはりわざとらしく小首を傾げて、「そばめしが神戸のものじゃない？　加古川のもの？　なんですかそれ？　本当にそんなコメントが、コメント欄にいっぱいついているんですか？」

「……う、うん。すごく沢山ついてるよ」

『画面の外』の少女は、おずおずと答える。

「ど、どうするのでたらめちゃん？　も、もしこの指摘が事実だとしたら、でたらめちゃんは、生配信でみんなに嘘を吐いちゃったことになるよ？　す、すみやかにお詫びして、訂正しないと……あ、あくまでこの指摘が、事実だとしたら、だけど」

「……え～？　いやいや、ちょっと待ってくださいよ」

でたらめちゃんは、芝居がかった仕草で、掌をひらひらと振り返して、

「私、嘘なんて吐いてないですって～。誰がなんと言おうと、『そばめし』は神戸のご当

地グルメですよ。間違いありません」

「……え？」

「指摘してくださっている方々には申し訳ないですけど～。私の中にその確信がある以上は、お詫びも訂正もするわけにはいきませんね！」

「……え、ええ～？　そ、そんなこと言って大丈夫なの、でたらめちゃん？」

こちらも、若干の棒読み口調で、『画面の外』の少女は問いかけてくる。

「も、もし、本当にあなたの方が間違っていたとしたら、どうするの？　そもそも、指摘コメントをつけている人は、一人じゃないんだよ？　ま、まさかその人たち全員が、同じ勘違いをしているって言いたいわけ？」

「まあ、そういうことになるでしょうね！　あくまで、事実は事実なので！」

「……す、凄(すご)い自信だけど、あなたの方が正しいって証拠は、どこにあるの？」

「証拠なんて必要ありません！　普通に考えたら分かることです！」

堂々を胸を張って、でたらめちゃんは言い放つ。「そもそも加古川には、別のご当地グルメが既にあるじゃないですか。なんて名前でしたっけ？　あの、白ごはんの上に、ビフカツを載せて、その上にデミグラスソースをかけた……」

「……あ、ああ、『かつめし』のこと？」

『画面の外』の少女は、ぎこちなく相槌(あいづち)を打って、

「た、確かに、『かつめし』は加古川のご当地グルメだったと思うけど……え？　だから

なに？　その事実が、『そばめし』は加古川のご当地グルメじゃないって理由にはならないよね？　ご、ご当地グルメは、一つの地域につき一つだけ、なんてルールはないんだから」

「……それ、本気で言ってます、うーみんさん？」

「え？」

「だって、加古川ですよ、加古川？」

でたらめちゃんは鼻を鳴らして、「言っちゃ悪いですけど、加古川に、ご当地グルメが二個も三個もある筈ないじゃないですか。常識的に考えて」

「……！　え、ええ⁉」

「『かつめし』一つで、既に十分すぎるほどですよ、加古川は。まだこれが姫路とかだったらギリ分かりますけど。所詮は播州のトップにすら立てないような弱小市町村が、仮にも政令指定都市の神戸から『そばめし』を簒奪しようなど、烏滸がましいにもほどがあります！」

「……いや、これ大丈夫なのでたらめちゃん？」不安そうな声音で、『画面の外』の少女は問いかける。「全世界に流れてるんだよね？　加古川の人、怒ってこない？」

「たとえ加古川の人が激怒しようと、私は事実でないことを事実だと言うことはできません。少なくとも私は、『そばめし』は神戸のご当地グルメであるということを、心の底から確信しています。ここで意見を翻したら、私はウソツキになってしまいます。

むしろ私に言わせれば……神戸のご当地グルメを、加古川のものだと言い張ろうとする人の方が、よっぽどウソツキさんだと思いますけどね」

「……ねえ。これ、本当に上手く行くの、でたらめちゃん？」

神社の境内にて、スマートフォンの画面を眺めつつ、海鳥は不安そうに呟いていた。

画面上では、ネコのお面をつけたでたらめちゃんが、神社の境内でぺらぺらと喋り続る動画が再生されている。

たった今、全世界に公開されたばかりの、『でたらめちゃんねる』生配信のアーカイブ動画である。

「ええ、心配ご無用です海鳥さん」

と、そんな彼女の問いかけに、正面に佇むでたらめちゃんは、動画とまったく同じ声で言葉を返していた。

尚、彼女は既にネコのお面を外しており、喋りすぎでやや紅潮した頬が、露わになっている。「海鳥さん――もとい、うーみんさんのご協力のおかげで、狙い通りの内容を配信することが出来ました。これで私たちは、『罠』を張り終えたわけです。『加古川の〈嘘憑き〉』さんに対してのね」

「……はあ、『罠』ねぇ」

海鳥は言いながらも、やはりアーカイブ動画をまじまじと眺めて、「……ええと、確か作戦はこうだったよね？　私たちは、動画でも話した通り、この神社で開かれるお祭りに、『そばめし』の屋台を出店する。それ自体は普通の屋台だし、『でたらめちゃんねる』の視聴者さんがお客さんとしてきてくれるなら、もちろん真摯に対応するけど――」

「しかし、それは真の狙いではありません。私たちが本当に屋台の前までおびき寄せたいのは、『加古川の〈嘘憑き〉』さん、ただ一人です」

でたらめちゃんは、悪戯っぽく微笑んで、「見つけ出すことが困難なら、自分から出てきてもらえばいい。作戦としては、これほどシンプルなものもありませんよね。

私は今、全世界に配信されている動画の中で、『そばめしは神戸のご当地グルメです』と、はっきりこの口で言い切りました。もちろん、私のチャンネルの登録者数なんてたかが知れていますし、今の動画が言うほど拡散されることはないでしょうが……」

「……今現在、この世界で最も加古川の話題に敏感な筈の『加古川の〈嘘憑き〉』さんが、この発言を見過ごすとは思えないよね」

海鳥は深々と頷いて、「『加古川の〈嘘憑き〉』さん、こんな動画見たら、凄く動揺するだろうね。自分の『ねつ造』の効果がまったく効いていない女の子が、自分の『ねつ造』を真っ向から否定するような内容を、全世界に公開された動画の中で発言してるんだから」

「ええ。動揺して、まず間違いなく、この神社までノコノコ足を運んでくださるに違いありません。自らの『ねつ造』の障害となりそうな私に対して、なんらかの『処置』を施すためにね……しかし『加古川の〈嘘憑き〉』さんにとって不幸なのは、まさにこの神社こそ自らにとっての墓穴であると、当人には知る由もないということです」

「……で、自分から姿を現した『加古川の〈嘘憑き〉』さんを、逆に私たちの手でやっつけちゃう、ってわけなんだね」

感心したように、海鳥は息を漏らしていた。「いや〜、なんていうか、よく考えたものだよね、でたらめちゃん。最初に『お祭りで屋台をやります』なんて言い出されたときは、意味不明過ぎて、一体どうしちゃったのかと思ったけどさ。

確かにこれなら上手く行きそうだし……仮に空振りでも、私たちに何かリスクがあるわけじゃないんだもんね。凄く賢い作戦だと思うよ。流石は〈嘘殺し〉の専門家って感じ」

「ふふっ、恐れ入ります」

でたらめちゃんは得意げに言葉を返す。「まあ私、過去にはサラダ油で気絶して、最後まで役立たず、なんてこともありましたからね……これくらいの活躍は出来ないと、いよいよ〈嘘殺し〉の専門家なんて名乗れなくなってしまいますよ」

「……でも、よくそんな急にお祭りの屋台の出店手続きなんて済ませられたよね？　こういうのって、もっと前から申請しないといけないものなんじゃないの？」

「ああ、そこは喰堂さんに助けていただきました」

「喰堂さんに？」

「喰堂さんはかつてこの町で、親子二代にわたって、中華料理店を営まれていたわけですからね。こういうお祭りを仕切っているような大人たちに、何かしらのコネクションがあるのではないかと思いまして、お願いしてみたんです。結果は大当たりでした」

「……ああ、なるほど。つまりねじ込んでもらったってわけなんだ。私たちの出店を」

「ちなみに喰堂さんには、当日のお店も手伝ってもらえる約束です。いや〜、持つべきものは本当、話の分かるプロの料理人のおねーさんのお友達ですよね！　思えばあの人とは、割と最悪に近い形の初対面を果たしたものでしたが……今ではそんなこと、鉛筆料理の味と一緒に記憶の彼方ですよ」

「………………」

「……ん？　どうしました海鳥さん？」

と、そこで不意に黙ってしまった海鳥に、でたらめちゃんは怪訝そうに問いかけていた。

「まだ何か、作戦面で気になることでも？」

「……いや、気になることっていうかさ」

海鳥の視線は、依然として、『でたらめちゃんねる』のアーカイブ動画に向けられたままである。「……だとしてもやっぱり、この動画は流石にやりすぎなんじゃない？」

「……？　やりすぎ、とは？」

「いくらなんでも、加古川を煽りすぎだよ……『加古川にご当地グルメが二個も三個もある筈ない』とか、『所詮は播州のトップにすら立てないような弱小市町村』とか。加古川の人に怒られるって、私動画の中で言ってるけど、これ本気だからね？」

「……。はあ、そう言われましても」

でたらめちゃんは困ったように頬を掻いて、「それはもう、ある程度仕方ない話なのでは？　そもそも、加古川の人を煽るのが目的なんですから」

「……いや、それは分かってるんだけどさ」

海鳥はふるふる、と首を左右に振って、

「私、個人的に、あんまり加古川のことを悪く言いたくないんだよね……」

「悪く言いたくない？　何故です？」

「……。実は私、元町の方に、よくお昼を食べにいくお店があってね。『かつ救世主』っていう名前の、『かつめし』専門店なんだけど」

「……『かつ救世主』？」

でたらめちゃんは怪訝そうに首を傾げて、

「なんだかどこかで聞いたような名前ですが……それにしても、ちょっとびっくりですね。『食』に対してそこまで関心のない海鳥さんに、行きつけのお店があったなんて」

「うん。私も、行きつけのお店を作ったのなんて、そこが初めてだよ。それくらい美味しいの。お昼のピーク時には、いつもお店の前に長蛇の列が出来てるくらいで。

なにより、『かつめし』が美味しいだけじゃなくて、店長さんも良い人でね。まだ若い、綺麗な女の人なんだけど。私がお店に行くたび、『いつも来てくれてありがとうね～』って、優しく声をかけてくれるの。私、その店長さんが凄く好きでさ」

「……はあ。まあ屋号のセンスはともかく、『かつめし』一本でそこまで店を繁盛させるくらいですから、凄腕(すごうで)の料理人には違いないのでしょうね」

「でも、あの店長さんも『かつめし』専門店なんてやっているってことは、きっと加古川(かこがわ)出身なんだろうから……だから私、あんまり加古川の悪口言うのは気が進まないんだよね。なんだか、店長さんの悪口を言っているみたいで、気分悪くなるから」

「……いや、知りませんけど」

海鳥(うみどり)の語りに、心の底からどうでも良さそうに、でたらめちゃんは言葉を返していた。

「『かつ救世主(メシア)』の店長さんのご出身がどこであろうと、そんなことは〈嘘殺(うそ)し〉に何の関係もありませんよ。私たちは、ただ『加古川の〈嘘憑(うそつ)き〉』を討伐するために、最善と思われる策を取り続けるだけです。違いますか？」

「……違わないけど」

言いながら海鳥は、助けを求めるように、横合いに視線を移す。

「――ねえ奈良(なら)。奈良はどう？　流石(さすが)にこの動画は、やりすぎだって思わない？」

「…………」

彼女の横合いに佇(たたず)んでいたのは、奈良芳乃(よしの)だった。

「…………」

奈良はポケットに手を突っ込み、口を真一文字に結びながら、ぼんやりと神社の本殿の方を眺めている。

海鳥とでたらめちゃんが会話している間中、というか、動画を撮影したときから、実はずっとこの境内に居合わせ続けていた彼女である。

ただ動画の撮影中から、今に至るまで、ほぼ一言も発していないというだけで。

「…………？　奈良？」

「…………」

そして奈良は、やはり何も答えない。

海鳥に怪訝そうな目を向けられているのに、彼女の方を見ようともしない。

完全に無反応、である。

「……ちょっと、奈良さん、どうしたんですか？」

流石に心配そうな声音で、でたらめちゃんも問いかける。「なんだか今日、ずっと様子が変というか、元気ないですけど。もしかして、具合でも悪いんですか？」

「…………いや？」

と、そこでようやく、奈良は口を開いて、

「具合なんてぜんぜん悪くないぜ〜。この通り、元気はつらつさ」

いつも通りの明るい声音で、はきはきと言葉を返していた。「しかし、今日は良いもの見せてもらったよ、でたらめちゃん。実際の動画撮影って、こんな感じなんだね。なんだか違う世界のことを知れたって感じ。急にキミから神社に招集がかかったときは、びっくりしたけどさ」

「…………」

「……ん？　どうしたのでたらめちゃん？」

沈黙から一転、突然に饒舌になった奈良を、不思議そうに見返すでたらめちゃん。

「…………ええと」

「まあ、具合が悪くないというなら、私はそれでいいんですけど」

「……そんなことよりでたらめちゃん。肝心の、本題の方の話をしたいんだけどさ」

奈良はやはり、普段通りの口調で告げてくる。「とりあえず、『加古川の〈嘘憑き〉』に『罠』を仕掛ける件については、了解したよ。私もいい作戦だと思うし、是非協力させてほしい。で、具体的に当日、私と羨望桜は、キミのためにどんな仕事をすればいいのかな？」

「……そうですね」

奈良の問いかけに、でたらめちゃんはぎこちなく声を発して、「一応、奈良さんと羨望桜さんには、神社内でのパトロールをお願いしたいと思っていますね。私は当日、囮として、屋台から身動きを取ることが出来ないので」

「なるほど。要するに、まんまとおびき寄せられた『加古川の〈嘘憑き〉』を、私たちの手でとっちめてしまえばいいわけだね」

ぱちんっ、と奈良は、片方の拳で手を叩いて、「そういうことなら、もちろん任せてくれていいぜ。『加古川の〈嘘憑き〉』のやっていることは、私も見過ごせないしね。そんなコソ泥じみた〈嘘憑き〉の嘘に、私の羨望桜が後れを取るとも思えないし」

「……あと一応、『加古川の〈嘘憑き〉』を手早く片付けられた暁には、奈良さんと羨望桜さんにも屋台に参加してもらえたら、と思っていたんですけど」

「……私たちが屋台に？」

「はい。せっかくの機会ですし、みんなで一緒に出来たら楽しいかなって……」

「……ふぅん、『みんな』でね」

なにやら含むところのありそうな声音で、奈良は呟いたが、「……うん、分かったよ。

店主のでたらめちゃんにそう言われて、断る理由はないしね。ただ私も羨望桜も、大した
役には立てないと思うけど。

……で？　今日の話って、これで終わりでいいのかな？」

奈良は言いながら、ちらり、と神社の階段の方に目を向けて、

「だったら私、今日はもう帰らせてほしいんだけど。家で宿題とかやりたいから」

「…………」

「あれ？　でたらめちゃん？　返事してくれないと、分からないんだけど？」

「……奈良さん。あなた今日、本当にどうしたんです？」

「……。どうしたも何も、私はいつも通りなんだけど」

「――ちょ、ちょっと待ってよ、奈良！」

と、堪り兼ねたように叫んでいたのは、海鳥だった。

彼女は困惑をありありと表情に浮かべつつ、奈良の横顔を見つめて、

「な、なんで私の質問、無視するの……？」

「…………」

「……!? わ、私の声、聞こえてないの？」

「……それじゃあでたらめちゃん」

と、海鳥（うみどり）を無視したままで、奈良（なら）は再び口を開いて、「もう用件はないっぽいし、今日はここで失礼させてもらうよ。また何かあったら、いつでも連絡ちょうだいね」

……。……。

「……なにがあったんです？」

奈良が立ち去ったあと。

同じく、神社の境内にて。

半眼で海鳥を眺めつつ、でたらめちゃんは問いかけていた。

「……分からない」

対して、力なく首を左右に振って、海鳥は答える。

「……正直、今日まではずっと気のせいなのかなって思ってたんだけど。今日のことで、はっきり確信したよ」

彼女は言いながら、奈良の去っていった、神社の階段を見つめるのだった。

「あの子、姫路（ひめじ）旅行の二日目あたりから、ずっと機嫌悪い……」

「……ねえ芳乃。あなた最近、なにか嫌なことでもあったの？」

「……え？」

家の洗面所で手を洗っていた奈良は、出し抜けに背後からかけられた声に、無表情で振り向いていた。「……なにママ？　嫌なことなんて、別にないけど」

「……いや、あなたここ数日、ずっと元気がないじゃない」

洗面所の入り口に佇んでいるのは、エプロン姿の奈良母である。

「……そう？　私的には、ぜんぜんそんな自覚ないんだけどね」

「……もしかして、姫路旅行で、海鳥ちゃんと喧嘩でもしたの？」

「…………」

母の問いかけに、奈良はほんの少しだけ沈黙して、

「……してないよ」

そう淡々とした声音で答えていた。

「そもそも私たち、喧嘩とかする関係性じゃないから」

……。……。……。

「……あ〜、なんか無性にイライラするな」

その後、部屋のベッドに横になった奈良は、天井を睨みつつ、独り言を呟いていた。

「だから私は、『普通』だって言ってるのにさ……なんでみんな、私に余計なお節介焼きたがるのかな」

——ピピピ、ピピピ、ピピピ。

「…………ん？」

と、不意に耳元から響いてきた電子音に、奈良は反射的に視線を向ける。

彼女のスマートフォンが鳴っている音だった。

画面に表示されているのは、『海鳥』という文字。

「…………」

奈良はしばらく無言で、スマートフォンを眺め続ける。ピピピ、ピピピという音は、どれだけ奈良が放置しようと、いつまでも鳴りやむ気配がない。

「……はあ」

奈良は、ため息まじりにスマートフォンを手に取ると、通話ボタンをタップして、本体を耳に当てていた。「…………もしもし？」

《——あっ、もしもし、奈良!? よかった、やっと繋がった……！》

奈良が呼びかけるや否や、通話口の向こうから、安堵したような声が返されてくる。

《あ、あの、今電話大丈夫かな……!?》

「……まあ、大丈夫だけど」

奈良はベッドにごろんと寝ころんだまま、面倒そうな声で、

「で？　なに？　さっきの屋台の件で、なにか追加連絡？」

《…………いや、そういうわけじゃなくて》

通話口の向こうで、海鳥はなにやら言い淀む。なんと切り出すべきか、言葉を探している風である。《……あのさ奈良。私、あなたに対して、何かしちゃったのかな？》
「……はあ？」
奈良は声音を尖らせて、
「何か？　何かって、なに？」
《……ええと、それが私にも分からないから、こうして電話しているんだけど》
海鳥は申し訳なさそうに続けてくる。
《だ、だって奈良、さっきの神社でも、ずっと感じが変だったし……いくら私でも、ああも露骨な態度で示されたら、流石に分かるっていうか……》
「………………」
《ねえ、いつなの？　やっぱりこの前、私の実家に帰ったとき？　そのとき私、なにかやらかしちゃった？》
「………………」
《だって、奈良がこんな風に怒るなんて、よっぽどのことだもんね……だとしたら私、本当に申し訳ないと思うから……ちゃんと謝るためにも、何に対して怒っているのか、説明してほしくて……》
「…………。だから、別に怒ってなんかいないってば」
奈良は、うんざりしたような声音で答えていた。

「ただ、私が勝手に期待して、勝手に失望したってだけだよ。海鳥に対して」

《……え？》

《……もうこの際だから言っちゃうけどさ》わしわしっ、と奈良は、自らの髪を苛立った様子で掻きむしって、《私、お風呂から帰ってくるとき、盗み聞きしちゃったんだよね。キミと新月さんが、キミの神戸の生活について、会話しているところを》

《………私とおばあちゃんの会話？》

通話口の向こうから、海鳥の困惑の声が返されてくる。《それってもしかして、『最近学校は楽しいか？』みたいなことを、私がおばあちゃんに訊かれてたやつ？》

「……そうだよ。悪かったね、海鳥。盗み聞きなんて良くないとは思ったんだけど、つい魔が差しちゃって」

《……いや、それは大丈夫なんだけど》

海鳥はやはり怪訝そうな声音で、《……え？　それで？　あの会話が、一体なんなの？》

「……うん。まあ分かんないんだよね、キミには」

奈良は無表情で、ため息を漏らして、

「でもさ海鳥。あのとき、新月さんが言っていたこと、憶えてない？『芳乃ちゃんだけには、今の答え、絶対に伝えたらあかん』って」

《……ああ》

若干の沈黙のあと、相槌を打つ海鳥。《そういえば確かに、そんなこと言っていたよう

な気もするけど──》

「だから、それが理由の全部なんだよ、海鳥」

海鳥の言葉を遮って、奈良は言い放っていた。

「新月さんの言う通りさ。私はキミのあんな答え、聞きたくなかった。キミがあんな風に考えているだなんて、知りたくなかった」

《……え?》

「もちろん、内心で何を考えるかなんてキミの自由だし、そもそも悪いのは、勝手に盗み聞きなんてした私の方さ。だから私は、キミに対して怒っているわけじゃない。ただ気持ちの整理をつけられていないだけ」

《……?　ちょっと待って。ぜんぜん分からないんだけど?》

完全に混乱した様子で、海鳥は声を漏らしていた。

《ねえ、もっと順序立てて説明してくれない?　あの話の中に、どこか奈良が嫌な気持ちになるようなポイントあった?　私、普通のことしか話してないよね?》

「……だから、分っかんないかな～!」

いよいよ堪り兼ねたように、奈良は声を荒らげていた。

「なんで私が嫌な気持ちになっているのか、キミがぜんぜんピンと来てないことが、私は一番ムカつくって言っているんだよ!」

《………??》

「大体さ。そもそも、理解できなくてもよくない？」

投げやりな口調で奈良は言う。

「だって海鳥、私のこと、そんなに好きでもないんでしょ？」

《……は!?》

「じゃあ別にいいじゃん。私との仲がどれだけこじれても。私に嫌われても」

《……!?　ちょ、ちょっと待ってよ！　なんでそんな話になるの!?》

ぎょっとしたように、海鳥は言葉を返してくる。

《私があなたのことを好きじゃないって、そんなわけないでしょ!?　私、それこそおばあちゃんと話しているときも言ってたじゃん！》

「…………」

《奈良といる時間は、凄く心地よくて。信じられないくらいに満ち足りてて、楽しいって！　あ、あの言葉は、私の嘘偽りない本音だよ！　あなたとの仲がこのまま拗れたままだなんて、私そんなの、堪えられない——》

「いいや、違うね海鳥」

《……え？》

「それはキミが、そういう風に思い込んでいるだけだよ。実際のキミは、言うほど私のことが好きでも、大切に思ってもいないのさ」

《……っ!?　な、なにそれ？　なんで奈良に、そんなこと決めつけられなくちゃいけない

の!?》

「……じゃあ、逆に聞くけどさ海鳥」

奈良はくたびれたように息をついて、

「もしも私が、今すぐキミと絶縁したいって言ったら、どうする?」

「……………えっ!?」

「もう学校で会っても口も利きたくない。キミのことなんて大嫌い。今この場で、そう一方的に私に告げられたら、キミは一体どうするの?」

《…………!》

奈良の問いかけに、衝撃を受けたように、海鳥は吐息を漏らして、

《……え?　は?　奈良、私と絶縁したいの?　な、なんで?》

「別にそうは言ってないよ。あくまで『もしも』の話だって。新月(しんげつ)さんにも同じようなことを質問されてたでしょ?　で、どうなの?」

《…………そ、それは》

奈良の言葉に、海鳥はしばらくの間、言葉を詰まらせていたが、《……そのときは、潔く絶縁(それ)を受け入れるよ。奈良が私のことを嫌いだって言うなら、もう私には、どうすることも出来ないから》

「……ほらね。新月さんに答えていた内容と、一緒じゃん。それこそ、私のことを実はぜんぜん好きじゃないっていう、証明みたいな一言だよ」

「……え？」

「私のことが、実はぜんぜん好きじゃないから、キミはそんな酷いことを言えてしまうんだよ。なにより、酷いことを言っているって自覚すらないのが、一番性質悪いよね」

《……っ！　な、なにそれ!?》

　突き放すような奈良の物言いに、海鳥の側も、とうとう声を荒らげる。

《さ、さっきから奈良の言っていること、ぜんぜん意味が分からないよ！　なんでそんな話になるの!?　むしろ逆でしょ!?》

「……はあ？　どういう意味？」

《奈良のことを大切に思っているからこそ……もしも奈良が私のことを嫌になったなら、すぐに離れようって思えるんだよ！　奈良のこと、絶対に傷つけたくないから！》

　声を震わせながら、海鳥は叫んでくる。《そりゃあ、奈良と絶縁したら、私は凄く悲しい気分になるだろうけど……別に私の気持ちなんて、二の次でいいから！　私のせいで、奈良に嫌な思いをさせないことの方が、遥かに重要だから！》

「………」

《……まあ奈良は強い子だから、私なんかの言葉じゃ、ビクともしないのかもしれないけどさ。私は四月の一件で、それをよく思い知ったから、今もこうしてあなたと一緒にいられるわけなんだけど。でも『もしも』奈良が、私の言葉で傷つくようなことが今後あったなら、私は躊躇わずあなたの傍から離れるよ。

だって私は、『普通』じゃない……『普通』の友情なんて求めちゃいけない、『嘘を吐けない』人間なんだから……」

「…………」

《だから私は、そうならないように、嘘を取り戻そうとしているんだよ？　『普通』になるために、頑張っているんだよ？　なんで分かってくれないの、奈良？　私、きっとあなたなら、私のそういう気持ちを理解してくれていると思ってたのに――》

「――死ねっ！」

部屋の中に、奈良の絶叫が響いていた。

「……死ねっ！　死ね死ね死ねっ！　死んじまえ、お前なんか！」

《……え？》

「も、もうキミなんて知らない……！　本当に本当に本当にイライラする…！　こんな嫌な気持ちになったのは、生まれて初めてだよ……！」

ふー、ふー、と鼻息を荒くしながら、奈良は通話口に言葉を投げかけていく。

「よくもまあ、そこまでピントのずれたことを言えるものだよね、キミも……！　もしかして私を怒らせるために、わざとやっているのかな……？」

《……!?　あ、あの、ちょっと、奈良……!?》

「……はあ。なんだか今ので確信しちゃったよ。キミって私のことを、『友達』じゃなくて『仲良し』って言うでしょ？　あれって、あくまでもキミの気持ちの問題であって、一種の言葉遊びみたいなものだと、私は思っていたんだけどさ。
……でも、それは思い違いだったんだね。私たちの関係は、そもそもそんなに深くなかったんだよ。『友達』なんか、程遠いレベルで」
《……や、やめてよ奈良》
消え入りそうな声音で、海鳥は言う。《な、なんでそんなこと言うの……？　ま、また私が、なにかいらんこと言っちゃったなら、謝るから……！》
「……今のキミに謝ってもらっても、嬉しくもなんともないね」
嘆息まじりに、奈良は言葉を返していた。
「とにかくさ海鳥。とりあえず今は、『加古川の〈嘘憑き〉の件を最優先にすべきだろうから、今すぐどうこうって話でもないんだけど……。
新学期に入ったら、一回しっかり考えなおそうか。私たちの関係性について」
《……え？》
「私、今のままキミと付き合いを続けていくのは、ちょっとしんどいよ」

そして、月日はあっという間に流れ。
海鳥たちは、八月某日の、夏祭り本番の日を迎えていた。

「よっ！　ほっ！　やあ！」

そんなでたらめちゃんの威勢のいい掛け声が、夕暮れ時の××神社の敷地内に響く。

『神戸名物！　そばめしちゃん』と題字された、こじんまりとした屋台。鉄板で炒められているのは、焼きそばと白ごはん。そして鉄板めがけて、でたらめちゃんは、両手に握った二本の『テコ』を振るっていく。

「よっと！」

なお、本日の彼女は、いつもと少し見た目が違っていた。

彼女のトレードマークであるネコミミパーカーを、今日は身に着けていないのだ。

代わりに袖を通しているのは、白雪を彷彿とさせるような、真っ白な浴衣である。

「はい、一丁上がり！」

かんかんっ、と『テコ』を打ち鳴らして、またも明るい声を上げるでたらめちゃんだった。彼女の溌剌とした笑顔が、夕日に照らし出される。

「……おい、なんだあの屋台？」「女の子一人で作ってる？」「めちゃめちゃ手さばき良かったけど」「っていうか、めっちゃ美少女じゃない？」「普通に美味しそう……」

総白髪、そして浴衣という奇抜な出でたちの少女が、手際よく『そばめし』を作っているというのだから、衆目を集めない筈もない。祭りの客たちや、他の屋台の店主たちでさえ、『そばめしちゃん』の屋台を眺めつつ、ひそひそと囁き合っている様子だった。

ちなみに、まだ日暮れ前だというのに、屋台通りは、既に大勢の通行人で埋め尽くされ

ている。流石に中央区で開かれる祭りなだけあって、客の入りは凄まじい。

「わあ～！　ありがとうございます～！　美味しそ～！」

「すご～い！　本当にでたらめちゃんの作った料理食べられるんだ、私たち！」

と、そんな『そばめしちゃん』の前で、甲高い声を上げる少女が二人。

どちらも中学生くらいの、浴衣姿の少女たちである。

彼女はキラキラとした目で、正面のでたらめちゃんを見つめている。

「ふふっ。ありがとうございます、お二人とも～」

と、そんな視線を受けて、でたらめちゃんは照れたように笑みを浮かべていた。

「今日は大阪の方から来てくださったということで。私も、腕によりをかけて作らせていただきましたよ～。でも本当にすみませんね～、わざわざ遠いところを～」

「そんな、とんでもないですよ！」

「そうですそうです！　私たち、でたらめちゃんに会えるんだったら、滋賀でも和歌山でも飛んでいきますから！」

少女たちは、興奮した様子で声を上ずらせて、

「私たち、本当にでたらめちゃんの動画が大好きで、いつも見てるんです！　だから、今日は会えるって聞いて、凄く嬉しくて……！」

「な、生のでたらめちゃんを見て、感動で目が潰れるかと思いました……！　お面を取ったら、こんなに美少女だったんですね……！　その浴衣も、めっちゃ似合ってるし……！」

「……うふふふ～。もう、お上手ですね～、お二人とも～」

でたらめちゃんは頬を掻きつつ、まんざらでもなさそうな声音で返すのだった。

「私の方こそ、今日は二人に会えて、すっごく嬉しいですよ！　私が動画配信者としてやっていけているのは、あなたたちみたいな人たちが応援してくれているおかげなので！　ちなみに、この浴衣は雰囲気を出すために、思い切ってレンタルしてみました！」

言いながら、ひらひら、と浴衣の袖を振り回してみせるでたらめちゃん。

「――と、まあそれはそれとして、まずは『そばめし』ですね！　せっかくですし、熱々の出来立てを、二人にも食べていただきたいので！

というわけで、よろしくお願いします、うーみんさん！」

「…………」

「……うーみんさん？」

「…………えっ？」と、繰り返しでたらめちゃんに呼びかけられて、真横に突っ立っていた海鳥は、ハッとしたように声を上げていた。

ちなみに彼女の方は、浴衣姿というわけではなく、普通に私服である。「……え？　な、なに、でたらめちゃん？」

「……いや、なに？　じゃなくて」

でたらめちゃんは呆れたような声音で言う。「『そばめし』をパックに詰めて、彼女たちに渡してあげてほしいんですけど。それが今日のう̀ーみんさんのお仕事ですよね？」

「……っ！　あ、そ、そうだった！　ごめんね！」

言われて、慌てたようにプラスチックのパックを手に取り、その中にもたもたと『そばめし』をよそい始める海鳥だった。

……。……。……。

「……ちょっと、本当に大丈夫ですか、海鳥さん？」

少女たちが去ったあと、二人きりになった屋台の中で、でたらめちゃんは心配そうに言葉をかけていた。「なんですか、その今にも死にそうな顔は？　とても接客業の最中の人間の顔とは思えませんよ？」

「……ごめん、でたらめちゃん」

海鳥は、がっくりと項垂(うなだ)れたまま、覇気のない声を返す。

「まったく……私がせっかく視聴者の子たちと交流して、心をポカポカさせていたというのに、水を差された気分です」

「…………」

「……まあ、心中はお察ししますけど」

でたらめちゃんは、ため息を漏らして、

「結局その電話以降、奈良(なら)さんとはちゃんと話せてないんですよね？」

「……うん。私が何か話そうとしても、無視されるから」

「……。しかし、小学生みたいな拗(す)ね方しますよね、奈良さんも。私たち外野が取りなそうとしても、『いやこれは私たちの問題だから』って、取りつく島もありませんし。二人がここまで大喧嘩したのって、これが初めてなんじゃないですか？」

「……喧嘩なのかな、これって？」

と、海鳥は俯いたまま、弱々しく呟いて、

「……普通に、私が一方的に嫌われただけって気がするんだけど」

「……はあ～、もう！　だから、そんなことないですってば！」

でたらめちゃんは呆れたように言いつつ、海鳥の背中をぽんぽん、と叩いてみせる。

「何回言ったら分かるんです？　あの奈良さんが、海鳥さんを本気で嫌ったりするわけないじゃないですか。変にネガティブにならないでください」

「………………」

「大丈夫ですよ、海鳥さん。二人が仲直り出来るよう、私も出来る限りお手伝いしますから」元気づけるような声音で、でたらめちゃんは言うのだった。「取り敢えず今は、奈良さんとのことは一旦忘れて、『加古川の〈嘘憑き〉』に集中しましょう。こうしている間にも、私たちの目の前に忍び寄ってきているかもしれないんですからね、奴は」

言いながら、きょろきょろと首を振り回して、周囲の客たちの様子を観察するでたらめちゃん。「さっきの女の子たちは、違ったようですけど……さて、『加古川の〈嘘憑き〉』さんは、ちゃんと私たちの『罠』に気づいてくれたんでしょうか？」

――などと、でたらめちゃんが呟きを漏らした、まさにそのときだった。

（――でたらめちゃん！）

唐突に、彼女の脳内に直接、少女の『声』が響いてくる。

「…………え？」

でたらめちゃんは驚いた様子で、自らの頭に手を添えて、

「……？　この声、サラ子さんですか？」

（そうだよ！　菜種油（なたねあぶら）サラ子だよ！）

でたらめちゃんの問いかけに、元気よく答える『声』。（悪いね、でたらめちゃん！お仕事の最中に、脳内に直接テレパシーなんか飛ばしちまって！）

「いえ、それはぜんぜん構いませんけど、何の用ですか？」

（……それがね、でたらめちゃん。緊急事態だよ）

「……はあ？」

（悪いけど、今すぐ『そばめしちゃん』をいったん閉めて、神社の本殿の裏側まで来てくれるかい？　私は今、そこにとがりちゃんといるんだけどさ）

なにやら慌てた様子で、『声』は告げてくる。

（――聞いて驚かないでおくれ。『加古川の〈嘘憑き〉』を捕まえたよ、でたらめちゃん）

「……！　な、なんですって!?」

ぎょっとしたように、でたらめちゃんは叫ぶのだった。

6　加古川と×××

でたらめちゃんと海鳥が慌てて向かった先は、サラ子に指示された、××神社の本殿の裏側だった。

当然そんな場所に、屋台が出ている筈もない。

その空間だけが、表の喧騒から切り離されたように、ひっそりと静まり返っている。

「んー！　んー！」

――そして、そんな本殿の裏側で、その人物は、縛り上げられた状態で床に転がされていた。

両手をガムテープでぐるぐる巻きにされ、頭にすっぽりと紙袋を被せられている。

口にもガムテープを張られているのか、まともに声を上げることも出来ないらしい。

「……な、なんですか、これ？」

そんな、芋虫のように地面を転げまわる対象を見下ろしながら、でたらめちゃんは呆然と呟く。

「ですから、『加古川の〈嘘憑き〉』さんですよ」

と、そんな彼女の背後から、淡々と言葉を返すのは、とがりだった。

「とりあえず、身動きは完全に封じておきました。ガムテープだけでなく、私のテレパシーで脳みそを突っついてもいるので、しばらくはまともに立ち上がることも出来ないと思います。逃走される可能性は、万に一つもないでしょうね」

「……いやいや」

でたらめちゃんは顔を引きつらせながら、後方を振り向いて、「ちょっと待ってください。この人が、本当に『加古川の〈嘘憑き〉』さん？　どうして『そう』だと分かったんです？」

「独り言だよ」

と、今度はサラ子が答える。

「そいつ、怪しげな独り言を呟いていたのさ」

「………………独り言？」

「私はさっきまで、あんたに指示された通り、この神社中にテレパシーの網を張っていたんだけどね。まあ、いくら事情が事情とはいえ、プライバシーの侵害だから、あんまり気の進まない行為だったけど……とにかくその網に、そいつの独り言がたまたま引っ掛かってくれたのさ。いやあ、うっかり聞き逃さなくて、本当に良かったよ」

「で、サラ子さんから報告を受けた私が、すぐにこの人の元まで向かって、問答無用でテレパシー攻撃を仕掛けたというわけです」得意そうな声音で、とがりは言う。「つまり『範囲』に特化したサラ子さんのテレパシーと、『威力』に特化した私のテレパシー。私たち食材人間コンビの二種のテレパシーが、今回は大活躍だったという話です。ふふっ、存分に褒めていただいて構いませんよ、でたらめちゃんさん」

「……い、いやいやいやいや」

ぶんぶんぶんっ、と首を左右に振り回しながら、でたらめちゃんは唖然としたような声を漏らしていた。「ちょっと待って、嘘でしょ？　そんな、ただの独り言だけで、この人を『加古川の〈嘘憑き〉』って決めつけて、拉致しちゃったの？　もしぜんぜん関係のない人だったら、どうするの？」

「……はあ、そう言われましても」

とがりはぽりぽり、と頬を掻いて、

「だってその人、こう言っていたらしいんですよ。『加古川加古川加古川』って」

「……は？」

「サラ子さんが、そうはっきりと聞き取ったそうです。近くに誰もいないのに、たった一人でぶつぶつと、『加古川』とだけ呟き続けていたんですよ？　そんな意味不明な独り言を呟いていたのが、動かぬ証拠です。そもそも加古川に関係のない人が、日常生活で『加古川』なんて単語を口に出すとも思えません。その人は間違いなく、『加古川の〈嘘憑き〉』さんです」

「……え、ええ？」

でたらめちゃんの顔は引きつったままである。「い、いや、何一つ動かぬ証拠じゃないでしょ、そんなの……。『加古川』って単語を呟くだけで拉致されちゃうとか、どんな世紀末？〈泥帽子の一派〉でも、ここまで滅茶苦茶する人いませんよ？

……とはいえ、今さら言っても仕方のないことですけどね。拉致してしまったものは」

でたらめちゃんは呆れたように言いながら、再び足元の人物に視線を移して、

「……それに、本当に理解しがたい流れですけど、今回ばかりはとがりちゃんとサラ子さんの勇み足が、結果的に功を奏したようです」

彼女は真剣な眼差しで、足元の人物を見つめる。

その小さな鼻が、何かの匂いをかぎ取るように、ひくひく、と動く。「こうして見ているだけで、ぷんぷんと漂ってきますよ……美味しそうな、嘘の匂いがね」

彼女の口元には、いつのまにか、いつもの悪戯っぽい笑みが浮かんでいた。

さらに彼女は、足元の人物の傍で、膝を屈めて、

「……では早速、ご尊顔を拝ませてもらうとしましょうか」

ばさっ！　と、頭の紙袋をつかみ取っていた。

続いて、その人物の口元に張られていたガムテープも、一気に引っぺがしてしまう。

「――ぶはっ！」

露わになったのは、女性の相貌だった。

20代半ばほどの女性だ。

この夏場に、頭に袋を被せられていたせいか、顔中汗だくになっている。「はあ、はあ、はあ、はあ、はあ………！」

「……なるほど、女性の方でしたか」

でたらめちゃんは頷いて、「まあお顔を見る前から、服装やうめき声のトーンで、察しはついていましたけどね」

「――っ！　な、なんなのあなたたちは!?」

そんなでたらめちゃんにめがけて、女性は怯えた様子で叫んでいた。「だ、誰なの!?　なんなのこれ!?　わ、私をどうするつもり!?」

「……落ち着いてください」

でたらめちゃんは穏やかな声音で語り掛ける。「私たち、何もあなたに直接的な危害を加えたいわけではないので。

ええと、まずは自己紹介でもしましょうかね。私は、でたらめちゃんと言います」

「……はあ!?」

「でたらめちゃん。『ちゃん』まで含めて名前です。平仮名七文字きっかりで、でたらめちゃんです。本名です――なんて、既にご存じのあなたには、名乗る必要もないかもしれませんが」にっこりと微笑みつつ、でたらめちゃんは言う。「すみません、私の仲間が、手荒な真似をしてしまって。でも、本当に安心してください。私たち、危険な存在ではないですからね」

「……ふ、ふざけてるの、あなた!?」

至近距離で、唾を飛ばして女性は叫んでいた。

「あ、安心なんかできるわけないでしょ！　ふ、普通にお祭りを歩いていたら、いきなり襲われて、拉致されたのよ!?　それになんだか、さっきから酷い頭痛もするし……！」

「…………」

「あ、あなたたち、全員子供みたいだけど……言っとくけど、こんなの悪戯じゃ済まされないからね！　普通に警察沙汰なんだから！」

「……ふむ。悪戯で済まされない、ですか」

と、そんな女性の捲し立てに、でたらめちゃんは、笑みを引っ込めて言葉を返す。「それはこちらの台詞ですね。『加古川の〈嘘憑き〉』さん」

「……え？」

「神戸からご当地グルメを奪った張本人が、よくそんな口を叩けるものです」

「…………っ!?」

途端、女性の顔が青ざめる。

彼女は衝撃を受けたように、目を見開き、でたらめちゃんを見返して来ていた。

「……う、う、嘘でしょ!?　な、ななな、なんでそのことを……!?」

「ふん。やはりアタリでしたか」

でたらめちゃんは深く息を吐いて、「言っておきますが、今さらしらを切ろうとしても無駄ですよ。あなたのやろうとしたことは、もう全部バレているんですからね」

「……以上が、『嘘』の世界についての、ざっくりとした説明になります」

数分後。でたらめちゃんはそう言ってから、足元の女性を、冷たく見下ろしていた。

「理解できましたか？　『加古川の〈嘘憑き〉さん』」

「……そ、そんな！」

一方の女性は、やはり両手を縛られた状態のまま、愕然と声を漏らす。

ちなみに、でたらめちゃんに抱き起こされたおかげで、今は地面に転がってはいない。地べたの上に、尻餅をついている体勢である。「う、〈嘘憑き〉？　〈実現〉嘘？　な、なんなのそれ!?　し、信じられない……！　まさか、この『不思議な力』の持ち主が、私以外にもいるだなんて……！」

「……混乱する気持ちは分かりますが、事実なので受け入れてくださいね」

やはり冷ややかに告げるでたらめちゃん。「そして『加古川の〈嘘憑き〉さん』。ここまで話せば、なぜ私たちがあなたを拉致したか、もう理解できましたよね？」

「…………！」

「今話した通り、私はでたらめちゃん——嘘を食べることを生業とする、擬人化した嘘です。当然、あなたが目にしたであろう私の動画も、ただのお祭りの屋台の告知動画などではありません。

神戸のご当地グルメを、根こそぎ加古川のご当地グルメに変えてしまう……そんな滅茶苦茶をやらかそうとしている〈嘘憑き〉さんを捕獲するためには、なにかしらの『罠』を仕掛けて、私たちの傍までおびき寄せる必要がありましたからね」

「わ、『罠』……！」でたらめちゃんの言葉に、女性は息を呑んで、「つ、つまりあなた、最初から私をこのお祭りにおびき寄せるつもりで、あんなふざけた動画を！」

「ふふふっ、どうでした？　中々愉快な動画だったでしょう？」

「……！　な、何も愉快じゃないわよ！」

　青筋を浮かべて、女性は叫んでいた。「あれを見つけたときのショックは、今でも忘れられないわ！　私が見つけた時点でもう、何万再生もされていたし！　あ、あんな内容の動画を野放しにしていたら、私の『計画』が、台無しに……！」

「……それで、どうするつもりだったんです？　わざわざ屋台まで来て、私に動画の削除でも迫るつもりでしたか？」

　険しい眼差しで、でたらめちゃんは女性を睨んで、

「なるほど。やはりあなたは私たちの考えていた通り、相当悪質な〈嘘憑き〉のようですね。目的のためなら手段を選ばない。自分の都合だけを優先して、周囲に迷惑をかけることを厭わない。独善的で反社会的。きわめて典型的な〈嘘憑き〉のパーソナリティーです。

　正直、嘘を食べたいという個人的な事情を抜きにしても、あなたのやっていることを見過ごすわけにはいきませんね。どれだけ加古川に愛着を持たれているのか知りませんが、神戸のご当地グルメを、すべて加古川のものに変えてしまうだなんて、許されることでは

ありません」

「…………っ！」

「……さて。次はあなたが、私たちに説明する番ですよ」

女性の目を真っ直ぐに見据えつつ、でたらめちゃんは語り掛ける。

「『加古川の〈嘘憑き〉』さん。あなたは何故、こんな馬鹿なことをしでかそうと思ったのですか？　そもそも、あなたのお名前は？」

「…………」

女性は、悔しそうに唇を噛んだまま、何も言葉を返してこない。

「…………？」

――と、そんな女性の相貌を、なにやら不思議そうな顔で、ずっと見つめ続けている人物が一人。

海鳥東月である。

「……？　どうしました、海鳥さん？」

と、海鳥の様子に気づいたのか、でたらめちゃんは怪訝そうに彼女の方を振り向いて、

「さっきからやたら、『加古川の〈嘘憑き〉』さんの顔をじろじろ見られていますけど……なにか気になることでも？」

「……いや、気になることっていうか」

海鳥はぼそぼそと言葉を返していた。

「……私、この人の顔、どこかで見たことある気するんだよね」

「……え？」

「でも、それがどこだったか中々思い出せなくて……もう寸前まで出かかっているんだけど」——などと、海鳥が自信なげに呟（つぶや）いた、その瞬間だった。

「おーい、でたらめちゃ～ん！」

本殿の表側から、そんな言葉とともに、一人の少女が姿を現していた。

オレンジの髪に、140㎝にも満たないだろう、小柄な体躯（たいく）。

「わりー、遅くなっちまって！」

彼女——喰堂猟子（くどうりょうこ）はでたらめちゃんたちの近くまで駆けてくると、立ち止まり、その場で荒い息を漏らしていた。どうやらここまで、全力疾走してきたらしい。

「つ、ついさっきサラ子からテレパシーが飛んできたんだけどよ！『加古川の〈嘘憑き〉』が捕まったってのは、マジの話か!?」

「……喰堂さん」

でたらめちゃんは、やや驚いたような様子で、喰堂の方を振り向いて、「ええ、マジの話ですけど……喰堂さん、もうお祭りに来られていたんですね。バイトのシフトが入っているから、お祭りに顔を出せるのは日没以降になりそうって言っていませんでしたっけ？」

「……ああ、それは早上がりさせてもらったよ。祭りの日に、スーパーに客なんて来ねーからな」

喰堂は言いながら、きょろきょろ、と視線を彷徨わせて、「で？　肝心の『加古川の〈嘘憑き〉』は、どこにいんだよ？　まさか、その地べたで尻餅ついてる女か？」

「……ええ、その通りです喰堂さん。とがりちゃんとサラ子さんが捕まえてくれました。本人に確認も取れています。今は、彼女を尋問しているところでして」

「……はあ～。こんな奴がね～」

喰堂は感嘆したように言いつつ、女性の傍まで歩み寄ってきて、その相貌を覗き込む。

「見たところ、まだ若いねーちゃんみてーだけど。こんな普通っぽい女がサイコなことをやらかすんだから、人間ってのは本当分かんねーよな～」

――が、その女性の顔を、至近距離で視認した途端、喰堂は、

「…………え？」

衝撃を受けたように、息を漏らしていた。「…………」そして彼女は、女性の顔を凝視したまま、固まってしまう。

「…………嘘だろ？」

「……喰堂さん？　どうしたんです？」

困惑気味に尋ねてくるでたらめちゃんを無視して、喰堂は呟く。

「な、なんであんたが、こんなところにいるんだよ……？」

「…………⁉」

「――あーっ！」

と、そこで海鳥(うみどり)が、唐突に大きな声を上げていた。「お、おお、思い出した……！　思い出したよ、私……！」

彼女もまた、喰堂と同じような表情を浮かべて、女性の相貌を凝視している。

「で、でもなんで……!?　なんであの人が、こんなところにいるの……!?」

「……あなたたちは」

一方、驚いているのは、縛られた女性の方も同じのようだった。

「猟子(りょうこ)ちゃん？　それに黒髪の女の子の方は、今気づいたけど、よくお店に来てくれる女子高生ちゃん？」

「……。待ってください。さっぱり訳が分からないんですけど」

堪(たま)り兼(か)ねたように、でたらめちゃんは声を上げていた。

「喰堂さん、それに海鳥さんまで。この女の人のこと、ご存じなんですか？」

「……ああ、よくご存じだよ」

喰堂は深々と頷(うなず)き返す。

「なにせこの人は、私の友達だからな」

「……え？」

「前にも話したことあるだろ？　この人の名前は、桂浜ヨネネ。元町の『かつめし』専門店、『かつ救世主』を経営してる、料理人だよ」

「……本当に驚きましたね」

深い息を吐きつつ、でたらめちゃんは呟いていた。

「まったく予想だにしていないことでした。私も〈嘘殺し〉を生業にして長いですが、ここまでの衝撃を受けたことは、早々ありませんよ。

まさか『加古川の〈嘘憑き〉』が、加古川市民でもなんでもない、ただの神戸市民だったなんて……」

「……『かつ救世主』ね。それ、多分私も行ったことあるな」

続いて口を開いたのは、奈良である。

サラ子のテレパシー招集を受け、一番遅くこの場に到着した彼女の額には、長距離を疾走してきた影響による汗が、未だに滲んでいる。

「元町の商店街にあるお店でしょ？　ちょっと前に、海——どこかの誰かさんに、お昼に連れて行かれたことがあってさ。その日は長蛇の列が出来てて、とても店の中に入れそうになかったから、結局別のお店で食べたんだけど。ラーメン屋さんならともかく、『かつめし』専門店でここまでの行列が出来るんだって、かなり驚いたことを覚えているよ」

「……とはいえ、そんなに驚くようなことですか？」

と、今度はとがりが、不思議そうに口を開いて、「神戸市民とはいっても、要するにこの人、神戸でお店をやっているというだけですよね？　わざわざ『かつめし』専門店なんて開くくらいですから、当然ご出身は加古川市なんでしょうし――」

「いいや、そいつは違うぜとがりちゃん」

しかし、そんなとがりの言葉は、途中で喰堂に遮られてしまう。

「ヨネネさんは生まれも育ちも神戸の、生粋の神戸っ子だよ。加古川とは縁もゆかりもねー。あたしはこの人の親のこともよく知ってるから、そう断言できるぜ」

「……？　親、ですか？」

「この人の親は、この神戸で店を構えている、料理人なんだよ。あたしも何回か、勉強のために食いに行ったことがある。ちなみに、フランス料理の店なんだけど」

「……はあ？　フランス料理？」驚いたように声を上げたのは、サラ子だった。「なんだいそれ？　親はフレンチなのに、娘は『かつめし』専門店かい？」

「……っていうかさ。別にそんなのどうでもよくない？」

なにやら面倒そうに、羨望桜も言葉を発する。

彼女のこの場に到着したのは、主人の奈良と同じタイミングなのだが、しかし額に一切汗など滲んでいないのは、彼女が人ならざる嘘であるという証明のようなものだろう。

「どっちでもいいわよ、加古川市民だろうと、神戸市民だろうと。結局、この女が『加古川の〈嘘憑き〉』だって事実は変わらないんだから。後はこいつを締め上げて、ネコちゃんがこいつの嘘を食べて、それで話はおしまいでしょ。違う？」

「……まあ待てよ羨望桜ちゃん。そんなに急ぐこたねーだろ。もう身柄は押さえてんだから」焦れったそうに言う羨望桜を、喰堂はやんわりとなだめつつ、その場に膝を下ろす。

彼女の目の前に座り込んでいるのは、縛られた女性——桂浜ヨネネである。

「……よう、ヨネネさん。久しぶりだな」

桂浜ヨネネの目を真っ直ぐに見据えつつ、喰堂は語り掛けていた。

「前に飲みに行ったのも、ちょっと前のことだもんな。元気だったか？　まさか、こんな形で再会するとは思ってなかったけどよ」

「……猟子ちゃん」

対する桂浜ヨネネは、表情を強張らせて、喰堂を見つめ返してきている。

「……あなたも、この人たちの仲間ってことなの？」

「……まあ、そんな感じだな。しかし驚いたぜ。自分の飲み友達が、まさか〈嘘憑き〉で、しかも今回の事件の犯人だったなんてよ」

喰堂は言いながら、至近距離で、桂浜ヨネネの表情を覗き込むようにして、「……なあヨネネさん。本当にどういうことだよ？　あんた、なんでこんな馬鹿なことをした？」

「…………」

「……ちょ、ちょっと待ってよ。これ、本当に何かの間違いじゃないの？」

と、そこでおずおずと口を開いていたのは、海鳥だった。

「私、信じられないんだけど……あの『かつ救世主』の店長さんが、〈嘘憑き〉だったなんて。『加古川の〈嘘憑き〉』だったなんて」

ふるふる、と首を左右に振りつつ、海鳥は言う。

「そもそも、変だって……『加古川の〈嘘憑き〉』は、加古川市への愛ゆえに加古川をご当地グルメ大国にしたいと考えている、過激派の加古川市民だった筈でしょ？　だとしたら、この『かつ救世主』の店長さんは、ぜんぜん条件に当て嵌まらないじゃない。ただ『かつめし』専門店を営んでいるだけの、神戸市民なんだから」

「………………」

「それに私、そういう事情を抜きにしても、この人を『加古川の〈嘘憑き〉』とは思いたくないよ……。だってこの人、凄く良い人だし。性質の悪い泥棒みたいな『加古川の〈嘘憑き〉』のイメージには、どうしても合わないっていうか――」

「…………ち、違う」

と、そんなときだった。

「……それは、違うわ。勘違いよ」

「……え？」

出し抜けに足元から響いてきた、弱々しい声に、海鳥は驚いたように視線を下げていた。

「……店長さん？」

「……わ、私は別に、神戸のご当地グルメを、盗もうとしたわけじゃない」

桂浜ヨネネは、声を震わせていう。

「確かに、そう思われても仕方のないことを、私はしたかもしれないけど……でも、本当に勘違いなの。だって、今現実に達成されていることは、私の『計画』の、まだ半分なんだから……」

「……どういう意味だ？　ヨネネさん？」

「……そうね。もう私は、なにもかも洗いざらい話すべきなのでしょうね」

喰堂からも戸惑いの視線を向けられて、桂浜ヨネネは、力の抜けたような笑みを浮かべていた。

「全てはね、五年前から始まったのよ」

◇◇◇◇

「五年前まで、私の人生の中心は、フランス料理だったわ」

滔々と桂浜ヨネネは語る。

「いつか両親の跡を継いで、フレンチの料理人になるということに、何の疑いも持っていなかったわ。実際に、高校を卒業してすぐに、パリに修行にも行ったしね。

五年前といえば、その修行を終えて、日本に帰国した直後のことよ。その数か月後にはもう、私は国内の有名フレンチレストランで、本格的に働き始める予定だった」

「でも、そうはならなかった」

言葉を返すのは、喰堂である。

「五年前、帰国してすぐに友達と出かけた加古川旅行で、あんたは出会っちまったからだ。

『かつめし』に」

「……最初は、信じられなかった。いいえ、信じたくなかった。私がフランスで味わってきたどんな美食より、遥かに美味しい食べ物が、あんなのどかな町のサービスエリアで普通に出されているだなんて。ただ白ごはんの上に、ビフカツを載せて、その上からデミグラスソースをかけただけのシンプル極まりない料理が、あんなに美味しいだなんて。

だけど、一度『美味しい』と思ってしまった以上、もう自分の舌に嘘を吐くことは出来ない。そのサービスエリアを出る頃にはもう、私はフランス料理を捨て去る決意を固めていたわ。当然周囲からは物凄い反発を受けたし、実家の両親とは、未だに不仲のままよ。そして私は、神戸の元町で、『かつ救世主』をオープンした」

「……その後の活躍ぶりは、あたしもよく知ってるよ。商売敵として、さんざん苦汁を飲まされてきたからな」

肩を竦めるようにしつつ、喰堂は言う。「思えばヨネネさんには、本当によくしてもらったよな。店を持ってて、あたしと年の近い女の人なんて、ヨネネさんだけだったからよ。悩み事の相談とかも、しょっちゅう乗ってもらったし」

「………………」

「なによりあたしは、ヨネネさんのことを心から尊敬してたんだよ。あんたの『かつめし』に対する愛は、傍から見ていて気持ちよくなるくらい、本物だったからな。あんたはいつだったか、『かつ救世主』を三ツ星レストランにするのが夢だって、酔っ払いながら聞かせてくれたけどよ。あたしはそれ、笑い話でもなんでもねーと思ってたぜ。

だからこそ、教えてくれヨネネさん。なんでこんなことをした？　あんたが愛していたのは『かつめし』であって、加古川じゃなかった筈だ。加古川をご当地グルメ大国にして、その地位を向上させたって、あんたには何の得もねー筈だろ。それなのに、どうして……」

「……いいえ、だから違うのよ、猟子ちゃん」

ふるふる、と桂浜ヨネネは、首を左右に振って、

「さっきも言ったでしょう？　これは、まだ半分だって」

「………………？」

「……『かつ救世主』をオープンして、数年が経った頃だったわ。営業中、いつものように厨房でビフカツを揚げていた私は、不意に何の前触れもなく、虚しくなっていたの」

桂浜ヨネネは、力のない笑みを浮かべて言うのだった。

「『かつ救世主』は大繁盛して、雑誌や地方テレビにまで取り上げられるようになった。お客さんの入りも、連日大盛況。私の『かつめし』を、神戸中の人たちが美味しいと言ってくれる。『かつめし』に全てを捧げた私にとっては、まさに望み通りの状況の筈……それなのに、なぜだか私の胸の中には、ぽっかりと穴が空いていたの。

私はね、気づいてしまったのよ。どれだけ『かつ救世主』を繁盛させても、どれだけ『かつめし』の美味しさを全国に伝えても……『かつめし』は、永遠に私のモノにはならないってことに」

「………は？」

「私がどれだけ、『かつめし』のことを愛そうと……『かつめし』は永遠に、加古川のご当地グルメのまま。加古川のモノのまま」

「………」

「……ええ、分かるわ猟子ちゃん。私が何を言っているのか、さっぱり分からないって言いたいんでしょう？　私の『かつめし』への愛がどうだろうと、『かつめし』は加古川のご当地グルメのままって、そんなの当たり前の話だものね。だって『かつめし』は、加古川のご当地グルメなんだから。

……ふふっ、そうよ、そんなの当たり前。だけど私には、その『当たり前』が、どうしても許容できなかった」何かに取りつかれたような口調で、桂浜ヨネネは言う。「だから私は、願うようになっていたの。『当たり前』、変わらないかなって。『かつめし』、私のモノにならないかなって。

『かつめし』が、私の考案したオリジナルメニューということに、ならないかなって」

「……なっ!?」

「……私には、本来そういう権利がある筈だって、思ったの。この世界で私ほど『かつめし』のことを考えている人間なんて、いる筈ないんだって。加古川市民25万人ぶんの『かつめし』への想（おも）いを集めたって、きっと私の足元にも及ばないって」

「………」

「そして私は、あなたたちの言うところの〈嘘憑き〉になったのよ。『かつめし』を、私のモノにするために」

桂浜ヨネネは、そこで自嘲気味な息を漏らして、「でもね猟子ちゃん。加古川から、ただ一方的に『かつめし』を奪い取ってしまえるほど、私は冷徹な人間でもなかったの……他のご当地グルメならいざ知らず、『かつめし』を失わせるなんて、可哀想すぎるわ。『かつめし』の良さを誰よりも知っている私だからこそ、そんな残酷なことは出来なかった。だから、加古川から『かつめし』を奪いとるためには……先に『代わり』を宛がう必要があったのよ。もちろん、『かつめし』と釣り合うようなご当地グルメなんて、日本のどこにもありはしないけれどね。でも、単体なら釣り合わなくても、抱き合わせなら？」

「…………！」

「……どうやら、ようやく理解してくれたみたいね猟子ちゃん。私の真の目的を」

「……つまり、ヨネネさんは、トレードがやりたかったってことか？」

ごくり、と生唾を飲み込むようにしつつ、喰堂は問いかけていた。

「ご当地グルメ同士の、一対複数の大型トレードを敢行したかったってことか⁉　たまにプロ野球でやってるみてーな奴を！」

「……ええ、そうよ。そのためには『そばめし』や『ぼっかけ』や『いかなごの釘煮』には、涙を呑んでもらったの」

桂浜ヨネネは淡々と言う。

「これで加古川の方々も、『かつめし』を失うことには納得してくれる筈よ。引き換えに、全国有数のご当地グルメ大国になれるんだからね。反対に、神戸のご当地グルメは一つもなくなってしまうわけだけど……まあ別に問題ないわよね。神戸のご当地グルメは、生粋の神戸市民たる桂浜ヨネネの生み出した、『かつめし』さえあればいいんだから」

「……っ！　あ、頭おかしいんじゃねーのか、あんた！」堪り兼ねたように、喰堂は叫んでいた。「な、なにがご当地グルメ同士の大型トレードだ！　そもそも『かつめし』は、あんた考案のオリジナルメニューでもなんでもねーしよ！　マジで何考えてんだ!?」

本殿の裏に、喰堂の怒声が響き渡る。彼女は、今しがた桂浜ヨネネの口から発せられた内容に、相当のショックを受けているらしい。

そして、衝撃を受けているのは、喰堂猟子だけでもなかった。

「な、なんてことです。『加古川の〈嘘憑き〉』、ここまで恐ろしいことを考えていただなんて……」「……心からホッとしているよ。こんな人の作った『かつめし』を食べずに済んで」「とんでもない極悪人ですね！　こんな人に、他人様に料理を振舞う資格があるとは思えません！」「そうだよ！　きっとフランス料理のご両親も悲しんでいる筈だよ！」

「……いや、なんであんたらそんなマジになってんの？　こいつただの物凄いアホでしょ？」

二人の会話を静観していた彼女たちは、口々にそんな声を上げる。が、言葉を向けられている当の本人は、まるで動じる様子もない。

「……ふん。『頭おかしいんじゃねーか』ね？　随分な言い草じゃない猟子ちゃん。でもあなただって、所詮は私と同じ穴の貉なんじゃないの？」

「……ああ？」

「私は忘れてないわよ」桂浜ヨネネは、鋭い眼差しで喰堂を睨み付けて、「いつだったかあなた、お歳暮で私に送ってきたことあったじゃない。うめき声のする、変なサラダ油を」

「…………っ!?」

「あのときは気味が悪くて、猟子ちゃんには悪いと思いながらも、廃棄させてもらったんだけど……今ならなんとなく察しがつくわ。あなた、私と同類だったんでしょ？」

「…………！」

「ふふっ！　だとしたら、あなたにだけは偉そうなことを言われたくないわね！　サラダ油で、一体何をしようとしていたのか知らないけれど！」

　言葉を失ったように黙り込んでしまう喰堂に対して、桂浜ヨネネは尚も捲し立てていく。

「とにかく誰がなんと言おうと、私は加古川から『かつめし』を奪い取ってみせるわ！　『かつめし』を自分のモノにしてみせるわ！　きっと『かつめし』だって、そっちの方が嬉しいだろうし、それを望んでいる筈だもの！　そうして私は、私こそが、唯一無二の『かつめし屋』になるのよ！　『かつ救世主』だけにねぇ！　ふふっ、ふふっ、ふふふふっ！」

「——いいえ、それは違うと思いますよ」

「……は？」

と、桂浜ヨネネは、突然に横合いからぶつけられた冷ややかな声に、高笑いを引っ込めていた。

「『かつめし』は、あなたのモノなんかにされても、嬉しくもなんともないと思います」

声の主は、海鳥である。

「……な、なんですって？」

「……店長さん」

唐突に呼びかけられて、動揺した様子で頭を上げる桂浜ヨネネに、海鳥は尚も冷たい声音で、言葉をかけていく。「私、店長さんのかつめしをはじめて食べたとき、本当に感動したんですよ？」

「……え？」

「私、実家が姫路なんですけど、あんまりそっちにいい思い出がなくて。そのせいで、播州全域に対して苦手意識みたいなものがあったんですけど……そんなことがどうでもよくなるくらい、店長さんの『かつめし』は美味しくて。一度食べたら、もう病みつきになっていました。思えば、特定の行きつけのお店を作ったのなんて、『かつ救世主』が初めてだったかもしれません」

「………………」

「でも、それも今日までの話です」

「——え？」

「私はもう二度と、あなたのお店で『かつめし』を食べたいとは思いません……普通に、気持ちが悪いので」

彼女は真顔で、桂浜ヨネネを見下ろす。

——その視線は、まるで生ゴミを眺めるような、侮蔑の色に満ちたものだった。

「……ひっ⁉」

と、そんな寒々しい視線で射貫かれて、思わず悲鳴を漏らしてしまう桂浜ヨネネ。

「気持ち悪い、気持ち悪い、気持ち悪い……」

ぶつぶつと、心からの軽蔑を込めて、海鳥は呟いていく。「こんなクズみたいな人の作ったものを食べていたかと思うと、吐き気がしてきます。可能なら、その事実を消し去りたいくらいです。店長さんみたいな人、私は本当に、生理的に受け付けないので」

「……っ！　な、なによぉ……⁉」

肩を震わせつつ、桂浜ヨネネは声を漏らしていた。

「な、なんなのよぉ、その目は……⁉」

「……いいですか、店長さん？　『かつめし』は加古川のものだし、『そばめし』と『ぼっかけ』と『いかなごの釘煮』と『炭酸せんべい』と『餃子の味噌ダレ』は神戸のものです。あなたの好きにトレードしていいものなんて、この中には一つもありません。

自分のことばっかりで、『かつめし』のことだって、本当に愛しているわけでもない
――あなたみたいな人に『かつ救世主(メシア)』を名乗る資格なんて、私はないと思います」

「……〜〜〜っ！」

苛烈な口調で言い立てられて、がっくりと、その場で肩を落としてしまう桂浜ヨネネ。

「……ええ、海鳥さんの言う通りですね」

そして、そんな桂浜ヨネネの肩に、出し抜けに、少女の掌(てのひら)が乗せられる。

でたらめちゃんの掌である。

「今、海鳥さんの語ったことこそ、真実です。いくらあなたが、『かつめし』は自分のモノだと叫んだところで、それが覆ることはありません。確かにあなたは、その真実を覆すチャンスを得たかもしれませんが――私たちの『罠(わな)』にかかった時点で、それも潰(つい)えてしまいました。もはやあなたには、どうすることも出来ないというわけです」

「…………」

「そういうわけです。それでは、桂浜ヨネネさん――ご馳走(ちそう)になります」

◇◇◇◇◇

「ちょっと意外だったわ」

「……え？」

事件解決後。

神社の本殿裏で、突然に海鳥は、羨望桜からそう語り掛けられていた。

「……き、急になに、羨望桜ちゃん？」

羨望桜の方を見返して、戸惑ったように言葉を返す海鳥。「意外って、何が意外なの？　っていうか、あなたの方から私に喋りかけてくるの、珍しいね……」

「別に。ただ気になることがあったから、喋りかけただけよ」

淡々とした口調で、羨望桜は言葉を続けてくる。

「さっきの、『桂浜なんとか』とあんたのやり取りを見ていて、思ったの。海鳥、お前って、誰にでも優しい言葉をかけるわけじゃないのね」

「……え？」

「嫌な人間には、ちゃんと嫌って言うのね、お前」

羨望桜は、少しだけ感心したような目で、海鳥を眺めていた。「私はてっきり、お前は誰のことも否定できない、ただのお優しい人間なのだとばかり思ってたわ」

「……？　いや、さっきのことに関しては、本当にただ思ったことを言っただけなんだけど」首を傾げつつ、海鳥は答える。「むしろ私、今回はぜんぜん〈嘘殺し〉の役に立てなかったしね……私は本当なら、桂浜ヨネネさんを説得しなきゃいけなかったのに。ただ怒りに任せて、叱責することしか出来なかったから」

「……はっ！　そんなの知らないわ！　そもそも私はどうだっていいんだもの、〈嘘殺し〉なんて！」

吐き捨てるように羨望桜は言うのだった。「芳乃がやるというから、仕方なく手伝いをしているだけよ。本当はよしてほしいんだけど、あの子は私の言うことを聞いてくれないから。まあ、今回も芳乃に怪我なく一件落着して、私としては万々歳って感じね」

「……あはは。羨望桜ちゃんは、とにかく奈良が第一なんだね」

「……しかし憂鬱なのは、この後の屋台よね～」

羨望桜は、面倒そうに顔をしかめて、「私たち、これからあのネコちゃんの手伝いをさせられるんでしょ？　なんでそんなことしなくちゃいけないのか、一ミリも意味が分かんないわ。そもそもあの屋台は、『桂浜なんとか』を捕まえるためだけの仕掛けだったんだからさ。もう撤収するっていうんじゃ、駄目なの？」

「……いや～、そういうわけにはいかないって」

苦笑いを浮かべて、海鳥は答えていた。「『でたらめちゃんねる』の視聴者の人たちも、まだまだたくさん来るわけなんだからさ。こんな早い時間に屋台を閉めたら、その人たちに申し訳が立たないでしょ。ちゃんと最後までやり切らないと」

「……はあ～。知らないわよ、そんなの」

うんざりしたように、ため息を漏らす羨望桜だった。「そんな『でたらめちゃんねる』の都合に、私と芳乃を巻き込まないでよね。やりたいんなら、あんたたちだけでやればいいじゃないの」

「……ふふっ。嫌なときは、本当に嫌そうな顔をするよね、羨望桜ちゃんって」くすくす、と海鳥は微笑んで、「ともかく、大変だと思うけど、頑張ってね。特に奈良のこと助けてあげて。あの子バイト未経験で、こういうのあんまり慣れてないと思うから」

「……は？」

と、羨望桜は、怪訝そうに海鳥の方を振り向いて、

「ちょっと、なによその他人事みたいな言い方。あんたも一緒に働くんでしょ？」

「……」

「……海鳥？」

「……ええと、羨望桜ちゃん」

海鳥は、ぽりぽり、と頬を掻いて、

「悪いんだけど。ちょっと皆に、言伝をお願いしてもいいかな？」

◇◇◇

「で、お前らいつ仲直りすんだよ？」

くいくいっ、と奈良の服の袖を引っ張るようにしながら、喰堂は尋ねていた。

「……え？」

奈良は無表情で、喰堂を振り向いて、

「な、なんですか喰堂さん？　仲直り？」

「……いや、そのすっとぼけいらねーから。お前と海鳥ちゃんの件以外にねーから」

　半眼で奈良を見つめつつ、喰堂は言葉をかけてくる。「つーかその前にまず、この間は悪かったな奈良ちゃん。せっかくお好み焼きパーティーに誘ってくれたのに、参加できなくて」

「……お好み焼きパーティー？」

　戸惑った様子で、首を傾げる奈良。が、ややあって、相手の言わんとすることに察しがついたらしい。「ああ、終業式の日の……。いえいえ、ぜんぜん大丈夫ですよ。バイトのシフトが入っていたっていうなら、仕方ないですもんね。まあ、喰堂さんがいてくれたら、もっと楽しかったとは思いますけど」

「マジで申し訳ねーな。フリーター暮らしは中々に多忙でよ。ま、その埋め合わせってわけじゃねーけど、今度また二人でラーメンでも食いに行こうぜ」

　喰堂は軽い口調で言いつつ、奈良の腰をぽん、と叩いて、

「――で、本題だけどよ。奈良ちゃん、いつ海鳥ちゃんと仲直りするつもりなんだ？　もう喧嘩始めてから、そこそこ経つんだよな？」

「…………」

　尋ねられて奈良は、無表情で、喰堂から視線を逸らしていた。「…………」

「……奈良ちゃん？　おーい？　あたしの声、聞こえてるか～？」

「……そう言われても、喰堂さん。別に私、海鳥と喧嘩しているつもりないので」

　そっぽを向いたまま、拗ねたような声音で、奈良は言う。

「それに、もし仮に今の状態が喧嘩なんだったとしても、特に仲直りする予定は、今の私の中にはないですね。そもそも私、海鳥と仲直りをしたくないので」

「……。はあ〜。奈良ちゃんさあ〜」

呆れたように、喰堂はため息を漏らして、

「ガキみてーなこと言うなって〜。海鳥ちゃんと仲直りしたくない？　絶対そんなこと思ってねーだろ、お前」

「……思ってない？　なんで喰堂さんに、そんなことが分かるんです？」

「目の下のクマだよ」

「……え？」

「自分で気づいてねーかもしれねーけど、奈良ちゃん、目の下やべーことになってんぞ？」

「…………！」

喰堂の指摘に、衝撃を受けたように、慌てて自らの目元に手をやる奈良だった。「……は!?　く、クマ……!?　私の顔に……!?」

「どうせ何日も、まともに眠れてねーんだろ？　海鳥ちゃんとのことが気になってよ」

ニヤニヤと笑いながら、問いかけてくる喰堂。「ふふっ。それにしても、友達と喧嘩して夜も眠れなくなるとか、意外と可愛いとこあんじゃねーか、奈良ちゃんも」

「……っ！　な、何を言うんですか喰堂さん！」

目の下に手を触れつつ、奈良は叫び返していた。「く、クマって……そんなもの、出来るわけないじゃないですか！　この私の、完璧な美貌に！」

「……。いや、出来てるから言ってるんだが」

喰堂は面倒そうに呟いて、「いい加減、意地張んのやめろって。少なくとも、眠れてねーのは事実なんだろ？　何にも悩んでいない奴が、不眠になんかなるかよ」

「………………」

「……一つだけ断言できんのはよ。どっちかが歩み寄らなかったら、お前らは一生仲直りできねーってことだよ。奈良ちゃんはマジでいいのか？　海鳥ちゃんと、このまま絶縁しちまっても」

喰堂は言いながら、ふと思い出したように、本殿の物陰へと視線を向けて、

「……ちなみに私は、ヨネネさんと友達をやめるつもりはねーぜ」

と、呟いていた。

彼女の視線の先には、別にガムテープで身動きを封じられているわけでもないのに、がっくりへたり込んで動かない、桂浜ヨネネの姿がある。

「……ヨネネさん、さっきはマジでキツかったろうな。自分の店の常連に、あんな目で見られるなんてよ。あたしだったら立ち直れねーわ」

心配するような声音で、喰堂は言う。「……まあ、あたしらだって、すぐに元の関係には戻れねーとは思うぜ。あたしがヨネネさんに『例の件』をちゃんと謝ったり、ヨネネさん自身もちゃんと反省したり、お互いにやらなきゃいけねーことは山積みだろうからよ。

でもあたしは、何があろうと最終的には、ヨネネさんとの友情を再構築してみせるぜ。ヨネネさんとまた、飲み友達に戻ってみせるぜ。あたしはそれくらい、あの人のことが好きだからな」

喰堂(くどう)はそして、再び奈良(なら)の方を振り向いて、

「で、お前はどうなんだよ？　奈良ちゃんにとっての海鳥(うみどり)ちゃんは、こんなしょうもない喧嘩(けんか)程度で絶縁してもいいくらいの、どうでもいい存在なのか？」

「……。さっきから、随分と好き勝手言ってくれますね、喰堂さん」

対して奈良は、足元を睨(にら)み付(つ)けながら、苛立(いらだ)ったような口調で返していた。

「何も知らない癖に、分かったような口を利かないでくれません？　私たちが今喧嘩しているのは、私が海鳥のことを大切に思っていないからじゃないですよ。むしろ逆です。あの子が私の気持ちを、ぜんぜん考えてくれないから――」

「ええ～！　海鳥さんが、か、か、帰っちゃった～!?」

……が、そんな奈良の捲(まく)し立(た)ては、突然発せられたでたらめちゃんの叫び声に、途中でかき消されていた。

「……は？」「……なんだぁ？」

奈良と喰堂の二人は、会話を中断させて、声の響いてきた方に視線を移す。

「ちょっと、どういうことです羨望桜さん!?　ちゃんと分かるように説明してください！」「……いや、知らないわよ。私はただ、言伝を頼まれただけなんだから」

　話しているのは、でたらめちゃんと羨望桜の二人である。

　興奮した様子で詰め寄るでたらめちゃんに、羨望桜はこの上なく面倒そうな顔で、視線を逸らしている。「とにかく、海鳥の言ってたことを、そのまま伝えると……なんかあいつ、参加したくないんだって。この後の、『そばめし』の屋台に」

「……参加したくない？　海鳥さんが、本当にそんなことを言ったんですか？」

「そうよ。『自分がいると、雰囲気が悪くなるからって』」

「はあ？　雰囲気？」

「……だから本当に、私の知ったことじゃないんだけど」

　羨望桜は、ぽりぽり、と頰を掻いて、「……ほらあいつ、今芳乃とちょっと揉めてるでしょ？　だから、その原因の自分なんかが屋台にいたら空気が悪くなって、他の皆もお祭りを楽しめないだろうって。屋台を回す頭数自体は足りてる筈だし、それなら自分なんて、いなくなった方がいいって。先に自分だけ家に帰った方がいいって」

「…………！」

　羨望桜の言葉に、息を吞むでたらめちゃんだった。

「……ちょっと待ってください、なんなんですかそれ？　意味不明なんですけど。羨望桜さん、そんな理由で納得して、海鳥さんを家に帰しちゃったんですか？」

「……！　し、知らないわよ！　そんなこと私に言われても！」

苛立(いらだ)ったように言葉を返しつつ、羨望桜(せんぼうざくら)は言葉を返していた。

「私も意味わかんないって思ったけど、私が何か言う前に、あいつは神社の階段を下りていっちゃったんだから！　文句なら、海鳥(うみどり)本人に言って！」

「……海鳥さん」

でたらめちゃんは俯(うつむ)いて呟(つぶや)くのだった。

「し、信じられないです……あの人は、もう、本当に……」

そして、驚いているのは、でたらめちゃんだけではない。傍(そば)で話を聞いていただけのとがりとサラ子も、ショックを受けた様子で、顔を見合わせている。

「そ、そんな、東月(とうげつ)ちゃん……私、東月ちゃんとお祭りの屋台でお仕事できるの、楽しみにしてたのに……」

「……あの子、普段は温厚だけど、一度『こう』と思ったら、とことんまで暴走しちまう頑固なところあるからねぇ」

……だが、その場において最も動揺しているのは、でたらめちゃんでも羨望桜でも、とがりでも、サラ子でもなく――

「…………」

ぎゅううう、と服の裾を握りしめて、奈良芳乃(ならよしの)は俯いていた。「………………海鳥」

――ぱんっ！

と、そんな奈良の背中が、後方から、思い切り引(ひ)っ叩(ぱた)かれる。

「追いかけろ、奈良ちゃん」

叩(たた)いていたのは、喰堂(くどう)だった。

「まだそんなに時間は経(た)ってねー。今から全力疾走したら、海鳥ちゃんがバスに乗るまでに、ギリギリ追い付ける筈(はず)だ」

「……喰堂さん」

「この期に及んで、もう眠てーことは言わせねー」

喰堂は、いつになく真剣な眼差(まなざ)しで、奈良を睨(にら)んでいる。

「年長者として、これだけは言っといてやるけどよ。このまま海鳥ちゃんを家に帰しちまったら、一生後悔すんぞ。奈良ちゃんも、それから、海鳥ちゃんもだ」

「…………」

「海鳥ちゃんを連れ戻すべきなのは、絶対にお前だ。でたらめちゃんでも、とがりちゃんでも、サラ子でも、私でもなくな。流石(さすが)にそれくらい、お前にも分かるだろ？」

「…………」

問いかけられて、奈良は無言で、神社の階段の方へと視線を移していた。

そして、ついさっき自らの級友が走り去っていったのだろう道を、ぼんやりと見つめて、

「……私、私は――」

（さて、これからどうしようかな）

一方、その頃。

祭りの人混みをかき分けるように歩きつつ、海鳥東月は内心で、ぼんやりと呟いていた。

（とりあえず、帰りにコンビニにでも寄って、夜ごはんだけは買って帰らないとね。家に帰っても、食べるものは何もないんだから）

彼女の向かう先は、山の麓のバス停である。

今まさに祭りに向かおうと、神社の坂道を登って来る他の客たちとは、完全な逆方向だった。（せっかく沢山屋台があるんだし、ここで食べちゃうのもアリなんだろうけど……変にこの場でウロウロして、でたらめちゃんたちに見つかっても、気まずいしね）

……と、そこで彼女は立ち止まり、なにやら未練がましそうに、神社の本殿の方を振り向く。

（…………皆との屋台、私も参加できていたら、楽しかったのかな？）

などと心中で言いつつ、数秒ほどの間、後方を見つめ続ける海鳥。

が、やがてそんな未練を振り払うように、ぶんぶんっ、と首を左右に振り乱して、

（……いやいや！　今さら迷うことじゃないよ！　これで正解だったんだから！　私がいなくなるだけで、場の空気が良くなるなら、そっちの方が良いに決まっているんだから！）

内心で、そう自分に言い聞かせるように呟いた後、海鳥はバス停への歩みを再開させる。

（……忘れよう、今日のことは。今日はもう、すぐにお風呂に入って、さっさと寝ちゃおう）

——が、そんなときだった。

「…………？」

海鳥は、ふたたび足を止める。

今度の彼女の視線の向いている先は、後方ではなく、前方である。

（……？　なにあの人？）

それは、一人の若い男だった。

ポケットに手を突っ込み、祭りの喧騒（けんそう）の中を、海鳥とは反対方向に歩いて来ている。

「…………」

その男は、なにやら様子がおかしかった。

きょろきょろ、きょろきょろと、忙（せわ）しなく周囲に視線を彷徨（さまよ）わせ続けている。

両側の屋台を物色している、という様子でもない。

が、他の客たちは祭りに夢中になっているのか、そんな男の眼球の動きに気づいているのは、海鳥以外にはいないらしい。

「——あっ！」

そして、次の瞬間だった。

男は不意に、ふらふらっ、と足元をもつれさせ……ちょうど近くを歩いていた浴衣の男性に、その身体をぶつけていた。

どんっ、という音が響く。

「ああ、すみませんね」

と、ぶつかった途端、素早く謝罪の言葉を口にする男。彼は浴衣男性に軽く頭を下げると、そのまま何事もなかったかのように、歩みを再開させる、

――その手には、いつのまにか、黒色の長財布が握られていた。

浴衣男性とぶつかるまでは、確実に、空手だった筈である。

そして男は、やはり周囲の視線を気にするようにしながら、その長財布を、自らの懐へとしまい込んでしまう。

「…………っ」

一部始終を目撃した海鳥は、息を呑んでいた。

もちろん、目撃できたのは完全な偶然である。

たまたま男の不審な視線に気づいて、たまたま注意を向けていたタイミングで、たまたま男の方が海鳥の視線に気づかず、たまたま犯行に及んだのだ。

恐らく、十回同じことが起こったとしても、九回は見逃してしまうに違いない。

それほどに奇跡的な気づき。

「…………っ！」

そして気づいてしまったからには、もう海鳥には、見て見ぬ振りなどできない。

何かを考えるより先に、彼女は一歩を踏み出すと、叫んでいた。

「ちょっと、そこのあなた！　止まりなさい！」

「……ああもうっ！　どこだよ海鳥！」

そして、それから少し後。

海鳥が歩いていたのと、まったく同じ通りを、奈良（なら）は全力で駆け抜けていた。

「どこにもいないじゃんか！　バス停にも、バス停までの道にもさぁ！」

動きを止めずに、苛立（いらだ）ったように叫ぶ奈良。

その額には既に、大粒の汗が滲（にじ）んでいる。

日も暮れたとはいえ、この季節に野外で全力疾走しているのだから、無理もない。

「ま、まさか、駅まで歩いて帰ってるとか？　いや、流石（さすが）にそんな危な過ぎること、あの子もしないだろうし……」

ぜーぜー、と荒い息を吐きつつ、奈良は周囲に視線を彷徨（さまよ）わせる。「……もうバスに乗ったんじゃないのなら、まだこの辺をウロウロしているってことだよね。屋台で晩ごはん買ってるとか？　だとしたら、あの子けっこう目立つし、見つけられそうなものだけど」

真剣な声音で、ぶつぶつと独り言を呟（つぶや）く彼女のことを、周囲の客たちは、不審そうな目で見つめてきている。しかし当の本人に、そんな視線を気にする素振りは一切ない。

「――ああっ！」

と、そこで彼女は、唐突に叫び声を上げていた。

彼女の視線の先――ベビーカステラの屋台の前に、彼女の見覚えのある黒髪が靡いている。

夜の闇に溶け込むような、長く、美しい黒髪である。

後ろ姿だけで、顔は見えないものの、その黒髪を、奈良が見逃すはずもない。

「……！　やっと見つけた！」

奈良は安堵したように叫んで、次の瞬間にはもう、その黒髪めがけて突進していた。

そして、何の躊躇もなく、黒髪の女性の肩を叩いて、

「おらっ！　なに勝手に帰ってんだよ、海鳥！」

「……え？」

唐突に肩を掴まれて、女性は驚いた様子で、奈良の方を振り向いてくる。

「……ったく、あんまり手間かけさせないでよね。キミのせいで私、この通り汗だくだから」女性の方を睨みつつ、奈良はうんざりした様子で、頭を掻く。「…………でもまあ、悪かったよ。私、キミがそこまで思い詰めているなんて、思ってなくて」

「…………」

「まあ、キミにも言いたいことは色々あるだろうけどさ。とりあえず、一旦皆のところに戻ろう。とがりちゃんとか、めっちゃショック受けてるから……」

「…………」

「…………あれ？」

と、そこでようやく奈良は、自分が海鳥東月だと思って話しかけた相手が、まったくの別人だということに気が付いていた。

「…………」

黒髪の女性は、呆然とした様子で、奈良の方を見返してきている。

彼女は一見すれば、黒髪ロングの、海鳥東月と似たような外見の女性だったが……まず服装が違う。先ほどまで奈良たちと一緒にいた彼女は、こんな服は着ていなかった筈だ。

そして何よりも、身長が違う。

目の前の女性の身長は、１５１㎝の奈良と、そう変わらないほどの高さだった……本物の海鳥東月よりも、20㎝ほどは低い。

「……！　す、すみません！」

途端、奈良は慌てたように女性の肩から手を離して、深々と頭を下げていた。

「ひ、人違いでした！　本当にごめんなさい！」

さらに彼女は早口で叫んで、踵を返し、別の屋台に向けてスタスタと歩き始める。（や、やっべ～！　顔から火が出る～！　死ぬほど恥ずかしい～！）

表情こそポーカーフェイスを保っているものの、彼女の内心は、羞恥でいっぱいである。

（っていうか、黒髪ロングってだけであの子に見えちゃうとか、流石に私、追い詰められ過ぎ……！）

——が、そんなときだった。

ぱしっ！

「…………え？」

奈良(なら)は驚いたように足を止める。

手を掴(つか)まれていたからだ。

背後から、突然に。

「…………」

手を掴んでいるのは、件(くだん)の黒髪女性である。

彼女は無言で、奈良の表情を、じっと覗(のぞ)き込(こ)んできている。

「…………」

「……？　え、ええと、なんですか？」

「……あ、あの」

と、黒髪女性は口を開いて、「あの、あの、あのあのあのあのあの……」

「……？？」

「……ひ、ひひひ、人違いでは、ないですっ！」

「……え？」

「わ、わわわ、私、海鳥です……みょ、苗字……！」

それは、聞いていて気の毒になるほどに、か細い声音だった。

周囲の祭りの喧騒の音を10とするなら、彼女の声量は、1ほどしかない。大の大人が発しているとはとても思えない、蚊の鳴くような声である。

（……は？　え？　なに？　どういうこと？）

が、そんな極小の声音をどうにか聞き取った奈良は、当惑した様子で、内心で呟きを漏らす。（……っていうかこの人、握力弱すぎない？　赤ちゃん？）

「…………あの、その、もし間違っていたら、も、申し訳、ないんやけど……！」

と、奈良の手首を弱々しく握りしめたままで、黒髪女性は言葉を続けてくる。

「あ、あなたもしかして……奈良芳乃、さん……？」

「…………え？」

「……！　や、やっぱりそうやんね!?　だ、だって、お母さんから訊いてた特徴の、まんまやし……！　し、信じられへんような、べっぴんさん……！」

奈良の反応を受けて、黒髪女性はやや興奮したように、言葉を漏らしていた。

「う、うわあ、凄い……！　す、凄い偶然……！　こんな形で、奈良さんと、会えるなんて……！」

「…………」

そんな風にぶつぶつと呟く黒髪女性の姿を、奈良は無言で見つめる。

「……もしかして」

そして、ある種の確信を込めて、彼女は尋ねていた。

「海鳥のお母さんですか？」

そして、同時刻。

（なんだか妙なことになっちゃったな……）

天井の蛍光灯を見上げつつ、海鳥（うみどり）は内心で呟（つぶや）いていた。

彼女は現在、パーテーションで区切られただけの待合室のような空間の、パイプ椅子に腰を下ろしている。

（警察署なんて、生まれて初めて入ったけど……帰れるの、何時ごろになるんだろう？）

壁にかけられた時計を眺めつつ、思わずため息をついてしまう海鳥。（もしも帰り道に奈良（なら）たちと鉢合わせたら、気まずいなんてものじゃないんだけど……）

「――いやしかし、本当に助かりましたよ、お嬢さん」

と、そんな彼女の横合いから響いてくる、男性の声音。

「本当に油断していました。あなたが犯行に気づいてくれなければ、今日はお祭りで何も買えないところでした。本当に、なんとお礼を言っていいか分かりません」

声の主は、浴衣に身を包んだ、細身の男性だった。

彼は同じくパイプ椅子に腰かけて、申し訳なさそうな目で、海鳥を見つめてきている。

「あ、いえいえ！　別に私は、ただ当たり前のことをしただけなので！」

男性の視線を受けて、海鳥は恐縮したように言葉を返していた。

「でも、お財布を取り戻せて、本当に良かったですね。そもそも私が犯行の瞬間を目撃できたのも、完全に偶然なんですけど」

「ははっ。神社で財布なんて盗もうとするから、彼にも神様の罰が当たったのかもしれませんね……しかしお嬢さん。自分の間抜けさを棚に上げて、敢えて言わせていただきますが、あんな無警戒に犯罪者に詰めよるものじゃないですよ」

「……え？」

「今回は大人しく捕まってくれたから良かったですが。もしも逆上して、ナイフでも持って襲い掛かられていたら、どうするつもりだったんです？」

浴衣男性は、諭すような声音で、海鳥に語り掛けてくる。

「正義感が強いのは、大変素晴らしいことですけどね。もう少し危機感を持った方がいいと思いますよ。世の中には、悪い人間は、本当に山ほどいるんですから」

「……！　は、はい。それは本当にそうですね」

浴衣男性の言葉に、海鳥は神妙な顔で頷き返して、

「私も、冷静になって考えてみれば、かなり危ないことをしたのかもって思います。ただあのときは、考えるよりも先に、身体が動いてしまったので……」

「……まあ、そんなあなたの正義感のおかげで、こっちは財布を失わずに済んだわけです

けど」浴衣男性は微笑みつつ、その視線を、待機所の外側へと向けて、「しかし、あなたも災難ですよね。見て見ぬ振りをしなかったせいで、こうして今、警察署で待機させられる羽目になっているわけなのですから。

警察も融通が利きませんよね。いくら事件の唯一の目撃者とはいえ、あなたまで拘束することはないでしょうに。せっかくのお祭りの日に」

「……いや、でもそれは仕方のないことですよ」

苦笑いを浮かべて、海鳥は答える。「色々と必要な手続きとかあるんでしょうし。私、特にこの後予定があるわけでもないので、お気になさらないでください」

「……本当ですか？　まあ、あなたが大丈夫だというのなら、それでいいんですけど」

やや釈然としなそうにしながらも、頷く浴衣男性。そこで会話は一旦途切れ、待機所内に、再び沈黙が落ちる。

（……うん、これ自体は仕方のないことだよね。あの場面で、見て見ぬ振りをするのなんて、私には絶対出来なかったんだから）

そして沈黙の中で、自分を納得させるように、海鳥は内心で呟いていた。（でも、出来たら帰れるの何時ごろになりそうか、教えてくれたらありがたいんだけどな～）

「…………」

と、そんな彼女の横顔を、浴衣男性は、無言で見つめている。

なにやら、興味深げな顔つきである。

「──悩み事でもあるんですか？」

「……えっ？」

ややあって浴衣男性の口から、そんな問いかけが発せられていた。海鳥は驚いて、真横を振り向いて、「……え？　な、なんですか突然？」

「ふふっ、失礼。どうも気になったものでして」

忍び笑いを漏らしつつ、浴衣男性は言葉を続けてくる。「最初にお見かけしたときから、ずっと思っていたんですよ。随分と顔色の悪い女の子だな、と」

「……顔色？」

「ええ。目の下のクマとか、物凄いですよ？　もしかして、無自覚ですか？」

「…………」

指摘されて、反射的に、自らの目の下に手をやる海鳥。「……え？　わ、私、そんなに酷い顔していますか？」

「まあ、酷いというか……明らかに眠れていなそうな顔はしていますね」

気の毒そうな目で、浴衣男性は海鳥の目の下を見つめる。

「そこまで酷いクマが出来るほどとなると、並大抵の悩み事ではないのでしょうが」

「…………」

「……もしよければ、その悩み事、今ここで話してみませんか？」

「……えっ？」

「もしかしたら、俺の職業的に、あなたの助けになれるかもしれないので」

　穏やかに微笑みつつ、浴衣男性は言う。

「実は俺、普段はカウンセラーの仕事をやっているんですよ」

「……カウンセラーさん？」

「まあ、正確にはカウンセラーもどきですが……職業柄、あなたみたいな子を見ると、どうも放っておけなくてね。あなたさえ良ければ、是非悩みを聞かせていただきたいんですけど、いかがでしょう？」

「……え、ええ？」海鳥は戸惑ったように声を漏らして、「ちょ、ちょっと待ってくださ い。別に私の悩み、わざわざプロのカウンセラーさんに聞いてもらうほど、大層なものじゃないと思いますし……なにより私、今ほとんどお金持っていないので、お兄さんに代金をお支払いすることも出来ないですよ？」

「ははっ！　この話の流れで、俺があなたからお金を取ると思っているんですか？　心外だなぁ。そんなもの、もちろんロハで結構ですよ。これは財布を取り戻してくれたことに対する、お礼のようなものなんですから」

「……………で、でも」

「警察の方が来るまでの暇つぶしですよ、暇つぶし。こんな狭苦しい待機所の中で、ただ退屈に過ごすよりは、遥かに有意義な時間の使い方だと思いませんか？」

「………………」

「あと、俺はあなたのような子から、『お兄さん』呼ばわりされるような年じゃありませんね。普通におじさん呼びで結構ですよ」

浴衣男性は言いながら、海鳥(うみどり)の表情を覗(のぞ)き込(こ)んでくる。「さあ、どうですお嬢さん？　話すだけで楽になることも、あると思いますよ。まずはあなたのお名前から、教えていただけませんか？」

「………」

そんな浴衣男性のことを、無言で見つめ返す海鳥。

（……プロのカウンセラーさん、か。私そんな人、生まれて初めて出会ったけど。でも、言われてみれば確かに納得かも。

さっきから思っていたけど、なんていうか、『声』が独特なんだよね、この人。聞いているだけで、不思議と心地よくなってくるっていうか……やっぱりプロとして、発声方法を工夫したりしているのかな？

まあでも、せっかくの機会だし……お言葉に甘えてみても、いいのかも）

と、内心でそこまで考えてから、海鳥はようやく口を開いていた。「……分かりました。じゃあ、話させてもらいますけど。まず、私の名前は――」

7　『Aさん』と『Bさん』

××神社、敷地内。

屋台通りを抜けた先の、自動販売機の前にある、プラスチックベンチにて。

並んで腰かける、二人の女性の間には、重々しい沈黙が流れていた。

「…………」

「…………」

一人は、正面を向いたまま、一言も発さない、黒髪の女性。

もう一人は、無言でベビーカステラをパクパクと食べ続けている、赤髪の少女。

二人はどちらも正面を向いたままで、視線を合わせることもしない。

赤髪の少女がベビーカステラの袋に手を突っ込むとき以外は、物音すら立たない。

すぐ傍(そば)で祭りが開かれているとはとても思えない。お通夜のような空気である。

(…………気まずっ！)

そこで堪えかねたように、赤髪の少女の方――奈良芳乃(ならよしの)は、心中で叫んでいた。

(なにこれ～!?　気まず～！　なにのこの時間!?　なんで私、海鳥のお母さんの隣で、ベビーカステラ食べてるの!?)

涼しい顔をしているので分かりづらいが、現在の彼女の内心は、困惑の極みだった。

（……そ、そもそもこの人、なんでこんなところにいるの？　姫路の人だよね？）

ベビーカステラを口内で咀嚼しながら、奈良はちらり、と横合いの女性に視線を向ける。

横合いの女性——海鳥母は、やはり無言で、夜の虚空を眺め続けている。

（……若いな〜）

まじまじと外見を観察して、奈良の中でまず湧いてきた感想が、それだった。（私のママも、大分若い方だとは思うけどさ。この人は、ちょっとレベルが違うっていうか……ぶっちゃけ34歳にすら見えないもんね。女子大生見てるみたい。海鳥のお姉さんって名乗られても、信じちゃうかも）

「………………」

一方の海鳥母は、奈良にどれだけ視線を向けられても、何の反応も示さない。

そもそも奈良に見られていることに気づいてすらいないのか、気づいていて無視しているだけなのか。それさえ奈良には判別がつかなかった。このベンチに腰掛けてから、海鳥母はずっとこんな調子である。

（……というか、どうしよう。私は今、本当は娘の海鳥の方を探さないといけないのに）

奈良は心中で言いつつ、今度は祭りの屋台の方へと視線を移して、（どうにかその辺のことを、私の方から切り出したいところなんだけど……）

——と、そんなときだった。

——ぺちぺちっ、という、乾いた音が、奈良の真横から響いてくる。

「…………え？」

奈良は驚いて、再び真横を振り向く。

「…………」

音を鳴らしていたのは、海鳥母だった。

彼女は無言で、自らの頬を、その両の掌で叩いていた。

ぺちぺちっ、ぺちぺちっ！

「……え？　な、なにしてるんですか……？」

「…………」

突然の海鳥母の奇行に、ぎょっとしたように問いかける奈良。対する海鳥母は、そんな彼女の方を、ゆっくりと振り向いて、

「……。ご、ご、ごめんなさい……い、今、気合、注入してたの……！」

「……は？」

「さ、ささ、さっきからずっと、奈良さんに喋りかけようと思って、頑張っててんけど……こ、声が、いつまで経っても、出てきてくれないから……」

やはり蚊の鳴くような声で、彼女は言う。

「や、やっぱり、緊張しているんやと思うわ……。そ、そういえば親戚以外の人と、まともに会話するのって、いつ以来のことか、分からへんから……」

「…………はあ」

「……！　そ、それで、それでね、奈良さん！　本題なんやけど……！」

海鳥母は、奈良を真っ直ぐに見つめつつ、言うのだった。

「こ、この間は、本当に、ごめんなさい……！」

「……え？」

「き、今日、私は、あなたに謝罪したくて、このお祭りに、やって来たの……！」

かたかた、と小刻みに、その華奢な両肩を震わせる海鳥母。「……。ち、ちなみに、あの日は、私、け、健康ランドに、行っとったんやけど……」

「……健康ランド？」

「……う、うん。き、近所にあるのよ、健康ランドが」

声を上ずらせながら、海鳥母は言葉を続けていく。

「べ、べ別にそんな、ええところちゃうねんけど、安く泊まれるから……奈良さんが、姫路の家に泊まった日から、い、一泊二日かな？　わ、私もそこで泊まっとって……」

「……はあ、健康ランドに」

頷きつつ、相槌を返す奈良。

「で、でね？　奈良さんが、神戸に帰った後に、私は家に戻ってんけど……か、帰ったら、お母さん、その、お母さんが……」

「……お母さんって新月さんのことですよね？」

「そ、そう……。私のお母さんが、玄関で私のことを、待ち構えてて……」

海鳥母は、そこで大きく息を吐いて、

「……め、めっちゃ怒られたの、私……お母さんに」

「…………」

「せ、せっかく娘の友達が、遊びに来てくれたのに、急におらんようになるなんて、あんたは何を考えてるんや、言われて……。奈良さん、すっごく悲しんでたで、とも言われて……。あ、あんなに怒られたんは、ほんまに、めっちゃ久しぶり、いう感じで……」

「……なるほど」

奈良はふたたび頷いて、「でも、なんで今日、私がここにいるって分かったんですか？　もしかして新月さん経由で、屋台の情報とか伝わりました？」

「……！　う、うん、そうなの……！　なんか今日、みんなで『そばめし』の屋台やってるらしいでって、お母さんから聞いて……」

「……まあ私、新月さんとはSNSで繋がってますからね」

「……。そ、それにしても、神戸なんて、久しぶりに来たわ……」

と、ぼそぼそと呟きつつ、周囲にきょろきょろと視線を彷徨わせる海鳥母。

「や、やっぱりこっちは、人がようさん、いてるんやね……。なんや、見てるだけで、酔いそうなってくるわ……。私、ただでさえ普段は、あ、あんまり外に、出ないし……」

「…………」

と、そんな海鳥母の横顔を、まじまじと見つめる奈良。

「……あの、海鳥のお母さん」

ややあって、彼女は口を開いて、「……いいえ、ここは敢えて、下の名前で『満月さん』と呼ばせてもらいますけど。そういうことなら、私からも一つ質問させてもらいますね」

「……？　し、しし、質問、なに？」

「なんであの日、私と会ってくれなかったんですか？」

真面目な口調で、奈良は尋ねていた。

「私に謝るために、わざわざ今日会いに来てくれたっていうのなら……やっぱりそこは、どうしても聞いておきたいです」

「……う、う、うん」

海鳥母は、おずおずと頷き返す。「そ、そそ、それは、当然の質問やね……む、むしろ、それを答えへんで、謝るもなにも、な、ないやろうし……」

「…………」

「……え、ええとね、奈良さん。ほんなら、答えるけど……」

海鳥母は弱々しく言いつつ、俯いて、

「……で、でも、その前に、ひ、一つ訊いても、いいかな？」

「……？　なんですか？」

「…………な、奈良さん。わ、私のこと、ど、どう思う？」

「……え？」

「こ、こうして、実際に喋ってみて……わ、私のこと、どういう人間やと、感じたかな……？」海鳥母は言いながら、上目遣いで奈良を見つめてくる。「…………し、正直、『変なおばさん』って、お、思ってるんと、違う？」

「…………！」

無表情で、吐息だけを漏らす奈良だった。

そして、ほとんど反射的に、海鳥母から視線を逸らしてしまう。「……え、え～？　いいや、そんなこと、別に思ってないですけど……」

「……ふっ、ふふふっ。え、ええよ、ええよ、気を遣わんで」

そんな奈良の反応を見て、海鳥母はおかしそうに微笑んでいた。

「じ、自覚は、ちゃんとあるから……。わ、私が、『変なおばさん』やなかったら……こ、この世の中に、『変なおばさん』は、おらへんよ……」

「…………」

「…………だ、だからね、奈良さん。あ、あなたの、さっきの質問に対する、こ、答えは、これなの」

「……え？」

「……わ、私は、『変なおばさん』、やから……奈良さんと、会いとう、なかってん……」

決まりが悪そうに視線を逸らしつつ、海鳥母は言う。「や、やって、そんなことしたら……と、東月が、恥をかくかも、しれへん、から……」

「……はあ？」

「し、知られとう、なかったのよ……わ、私みたいな、変なのが……あの子の母親やって……せっかくできた、あの子の、友達に……。

ま、まともに、人とも喋られへん……し、仕事もしてへん……さ、34歳にもなって、親から、お小遣い、もろとる……そ、そんなお母さん、普通の家には、おらへんでしょ……？」

「…………」

「そ、そそ、それを、考えると、ふ、不安で、不安で、仕方なくなってきて……と、東月が、私のせいで、友達なくすんちゃうかって、こ、怖くなって……。き、気がついたら、私は、家を飛び出して、健康ランドに、か、駆け込んどったの……。

あ、あたしさえ、おらへんかったら、東月が、恥をかくことは、ないんやから……。そ、それやったら、あたしなんか、お、おらへん方が、ええって……そ、そう、思って……」

「…………」

「せ、せやから、ほんまに、堪忍な、奈良さん……」

海鳥母はそう言うと、奈良の眼前で、ぺこりと頭を下げていた。

「で、で、でも、これだけは、誤解せんといて……？　わ、私、あなたとは、ほんまは、すっごく、すごっく、会いたいと、思ってたんよ……？

やって、東月が、友達を連れてくるって、聞かされたとき……わ、私、嬉しすぎて、泣いてしまったから……ああ、やっと、あの子にも、そういう子が、出来たんやって……」

「…………」

そう一方的に語り掛けてくる海鳥母を、奈良は無言で見つめ返しつつ、心の中で、一つの得心を得ていた。

（……なるほどね。この人は、海鳥のお母さんなんだ）

「……ふぅん、なるほどね」

海鳥の話を一通り聞き終えて、浴衣男性は、納得したように口を開いていた。

「それで海鳥さんは、仲間たちと別れたあと、バス停に向かおうとしたと。そこでたまたま、俺の財布がスられそうになっているのを目撃したと。そういうわけですね？」

「は、はい、その通りです……」

こくん、と海鳥は頷き返す。「なのでこの交番でのことが済んだら、みんなと鉢合わせしないように、なるべく早く帰りたいんですけど……」

「なるほどなるほど……ええ、話はよく分かりましたよ。丁寧に説明していただいて、どうもありがとうございます。お疲れ様でしたね。

――しかし、正直驚かなかったと言えば嘘になりますね」すっ、と目を細める浴衣男性。

「『嘘を吐けない』ですか。それはまた、なんとも難儀そうな『体質』もあったものです。少なくとも俺はそんなものがこの世に存在しているなんて、今日はじめて知りましたよ」

「……はい。まあ、いきなりそんな話しても、普通は信じてもらえないと思いますけど」

「とんでもない、俺は信じましたよ？　専門分野とは微妙に違うので、詳しいことは分かり兼ねますが、この世に未知の症例なんて数えきれないほどありますからね。なにより、『本当にそういう体質もあるのだろう』と素直に思えるほどに、あなたの聞かせてくれた話はリアリティに満ちていました」

「……あ、ありがとうございます」

海鳥はおずおずと答えつつ、かなり前に警察官に淹れてもらっていた、もうすっかり冷めてしまった湯飲みのお茶に口をつけていた。

（……結局、全部話しちゃったよ。こんな見ず知らずの人に）

喉の奥に温いお茶を流し込みながら、海鳥はぼんやりと思考する。

もちろん、『加古川の〈嘘憑き〉』のことなど、どうやっても普通の人間に理解できないような嘘がらみのことは、話さないようにしたが……それ以外のことは、彼女の家庭の事情や、彼女自身の特別な『事情』に至るまで、何もかも洗いざらい打ち明けてしまった。

初対面の他人に対して、これほど饒舌になるなど、普段の海鳥からすれば考えられないことである。（なんか、自分でもよく分からない内に、口が動いちゃったんだよね……プロのカウンセラーさんは、話を聞くのも上手ってことなのかな……？）

「……さて、ではどうしましょうかね」

と、こちらも湯飲みに手を伸ばしつつ、浴衣男性は呟く。「こんなにも真摯に悩みを打ち明けてもらえたからには、俺もカウンセラーの端くれとして、なにか有益なアドバイスを返さないわけにはいかないのでしょうが……難しいのは、その『方向性』をどうすべきかという点ですよね」

「……『方向性』？」

「普段なら、こんなことで悩むこともないのですけど」

意味不明なことを言いつつ、ずずず、とお茶を啜る浴衣男性。

彼はそのまま、なにやら考え込むように、しばらく沈黙していたが……不意に何かを思いついたように、自らの浴衣へと手をやっていた。

正確には浴衣ではなく、浴衣の腰の部分に括りつけられた、巾着袋である。

「ええと、確かこの辺りに……」

巾着袋の中に手を突っ込み、ごそごそ、と何かを探るように手先を動かす浴衣男性。やがて数秒も経たない内に、彼は袋の中から、『一枚の硬貨』をつまみ出してきていた。

「……？　なんですか、それ？」

「見ての通り、５００円硬貨ですよ」

ひらひら、と硬貨を海鳥に見せびらかすようにしつつ、浴衣男性は言う。

「財布はまだ警察から返してもらっていませんが、たまたま５００円だけ、巾着袋に入れていたことを思い出しましてね。ここに来るまでの、バス代のお釣りなんですけど」

「……ええと、その５００円玉を、どうするんですか？」

「コイントスに使うんですよ」

「……コイントス？」

「数字の書いてある方が裏で、絵柄の書いてある方が表です」

浴衣男性は言いながら、500円硬貨を、握りしめた右手の親指の上に乗せて、

「いいですか、海鳥（うみどり）さん？　今回カウンセリングを始める前に、まずこのコイントスで、『方向性』を決めてしまおうと思います。

もしも表が出たら——俺が今からあなたに話すのは、『まともな大人としてのアドバイス』です」

「…………え？」

「それはもう、何の独断も偏見もなく、ただただまっとうな大人として、ごく常識的な助言をさせていただきます。まあ、『まともな大人』なら誰でも言えるような内容なので、特に面白みもないでしょうが、少なくともあなたにとって有益であることは保証しましょう」

「…………？」

「そして、もしも裏が出たら……」

そこで浴衣男性は、口元から一瞬だけ微笑（ほほえ）みを消していた。「そのとき、俺があなたに話すのは、『個人的なアドバイス』です」

「……個人的？」

「そうなったら、俺は己の独断と偏見にのみ基づいて話します。普段、俺がカウンセラーとして選んでいる『方向性』は、基本的にこちらです。まず間違いなく、前者より面白い内容をお聞かせできると約束できますよ。ただ、少々刺激的かもしれませんが」

「…………」

そんな浴衣男性の言葉にも、海鳥はいまいちピンと来ていない様子で、相手を見返している。「……あの、それ、そんなに違うんですか？」

「ええ。まったくの別物ですね」

浴衣男性は、再び口元を緩めて答える。「言ったでしょう、少々刺激的と。ただ今回は、あくまで海鳥さんへのお礼という形で、話を聞かせてもらったわけですからね。あんまり滅茶苦茶にしてしまうと、可哀想じゃないですか」

「……はあ？」

「俺としては、どちらに転んでも楽しいですけどね……では、早速試してみましょうか」

と、浴衣男性は一方的に言い終えると、そのまま親指で、500円硬貨を弾いていた。

ぴんっ！　と、宙に打ち上げられたその金属の板は、何度か回転したのち、彼の掌の上へと、瞬く間に落下してくる。

果たして、上を向いていたのは――絵柄。

「おお、おめでとうございます、海鳥さん！」

その結果を見るや否や、浴衣男性は興奮したように声を上げていた。

「表ですよ！　良かったですね！『まともな大人』ルートです！」

「……？　は、はあ。ありがとうございます」

男のテンションに押され、訳も分からないまま、とりあえず感謝の言葉を返してしまう海鳥。

「約束は約束です。今回に限り、俺の独断と偏見は封印しましょう……ふふっ。こんな良識のある大人のような真似をするのは、いつ以来でしょうかね」

「…………？」

「さて、では早速話を始めさせてもらいますが……」

そこで浴衣男性は、軽く息を吸い込むようにして、「……しかし、そうですね。今回の相談に対して、ただ『答え』だけを返すのは非常に簡単でしょうが、それだけで海鳥さんが自覚を持つのは、かなり難しそうですから。ここは一つ、たとえ話でも用いることにしましょうか」

「……は？　たとえ話？」

「──ねえ海鳥さん。あなた、恋をしたことはありますか？」

「…………はあ？」

その唐突すぎる質問に、海鳥は目を丸くして、固まっていた。「……え？　は？」

「ですから、恋ですよ、恋。あなた自身が、他人に対して、恋愛感情を持った経験があるかどうかを尋ねているんです」

「………。いや、意味が分からないんですけど」

浴衣男性を呆然と見返しつつ、海鳥は尋ね返す。

「な、なんなんですか、その話？　私の相談事とは、絶対に無関係ですよね？」

「いえいえ、そんなことはありませんよ。これは大いに、本筋に関係のある話です」

「………」

「……とはいえ、その反応を見る限り、どうやら経験はなさそうですね」

海鳥の表情を見つめ返すようにしながら、浴衣男性は息を吐いて、

「まあ、別に問題ありませんよ。自身に経験がなくても、今から俺のする話の意味くらいは、海鳥さんでも理解できるでしょうし」

「………？」

「さて、海鳥さん。ここにAさんという、一人の人間がいたとします」

人差し指を一本立てるようにしつつ、浴衣男性は言う。

「別に女でも男でも、性別はどちらで考えていただいても構いません。そこはあまり重要なポイントではないので。とにかく、Aさんという架空の人物がいました。そしてAさんは、少しだけ特殊な恋愛の趣味の持ち主でした」

「……。特殊な恋愛の趣味、ですか？」

「ええ。恋愛観――つまり相手の、どういうところを好きになるのか、という部分ですね。もっと分かりやすく言うのなら、『好みのタイプ』というやつです。

優しい人が好き、面白い人が好き、強い人が好き、才能のある人が好き、お金を持っている人が好き、見た目のいい人が好き……きっと百人に聞けば、百通りの答えが帰ってくることでしょう。当然そこに、良いも悪いもありません。恋愛における好みのタイプなどというものは、それほど千差万別なものです」

「…………」

本当に、何の話をしているんだろう？　海鳥(うみどり)は内心でそう強く思っていたが、しかし浴衣男性の捲(まく)し立(た)てに口を挟むことも出来ないのか、ただ無言で聞き入っている。

「そして、肝心のAさんの答えは、このようなものでした」

浴衣男性は、既に立てている人差し指を、くるくると回して、「Aさんは、こう言うのです。私が好きになるのは、私のことを好きになってくれる人だ、とね」

「……………はあ？」

浴衣男性の言葉に、海鳥は困惑したように、目を見開いていた。

「……な、なんですかそれ？　自分を好きになってくれる人が、好き？」

「ええ、どうです海鳥さん？　このAさんの『好みのタイプ』、共感できます？」

「…………」

海鳥はほんの少しだけ考えるように黙り込んだが、すぐに口を開いて、「……いや、ぜんぜん共感できないですけど」

「ほう、何故(なぜ)でしょう？」

「……だってそれ、相手を好きとかじゃなくて、ただ自分のことが好きなだけですよね？」

呆れたような口調で、海鳥は言う。

「自分のことを好きになってくれるなら、相手は誰でも良いってことですよね？　私、恋愛のことなんて全然分からないですし、興味もないですけど、流石にそんな考え方が最低だってことくらいは分かりますよ。『見た目が好き』とか、『お金持ちだから好き』とか言う方が、相手のことを見ている分、まだマシだと思います」

「……なるほど。しかしね海鳥さん、Aさんの言い分はこうなんですよ。『私が好きになるのは、私を好きになってくれる相手だけ。なぜなら私は、私自身を愛せないから』」

「……自分自身を、愛せない？」

「ええ。なぜ愛せないのか、理由はともかくとして、とにかくAさんにとってはそうなのです。どうしてもAさんは、自分に良いところがあると思えない。だから自分から、相手の心を手に入れたいと思えない。どうせ相手を好きになったところで、相手は自分のことを好いてくれないだろうと、最初から諦めてしまっているから」

「……ええ？　なんですかそれ？」

海鳥は呆れたように声を漏らしていた。「もしもそんな人が本当にいたとしたら、言ったら悪いですけど、一生大切な人なんて出来ないでしょうね。卑屈過ぎて、誰も好きになるわけないです、そんな人」

「いえいえ、そうとも限りませんよ。なにせ世の中は広いですからね。そんな卑屈なAさんを好きになる人間だって、一人くらいはいるかもしれません」

「……だとしたらその人、凄い変わった趣味の持ち主なんでしょうね。それに凄く可哀想です。Aさんなんかを好きになっても、何も楽しくなさそうなのに」

「では、その変わり者さんを、仮にBさんと呼称しますが——AさんとBさんは、お互いに巡り合うことさえできれば、何の障害もなく結ばれることでしょう。なにせAさんは、『私を好きになってくれる人が好き』なわけですからね。Aさんのことを好きなBさんは、Aさんに拒絶される理由がありません」

「……なんですかそれ？　そのAさん、自分を愛せないとか言うわりに、ちゃっかりパートナーだけは欲しいってことなんですか？」

「まあ、それはAさんにしても、好きで独りぼっちでいるわけではないですからね。独りぼっちでいるしかないと思い込んでいるから、その境遇を受け入れているだけで。誰かが救いの手を差し伸べてくれるのなら、喜んでそれに飛びつくことでしょうよ」

「……最低。私、生理的にとことん無理です、その人」

「とはいえAさんも、Bさんとの付き合いが始まれば、それなりには相手のことを思いやるようになると思いますよ。むしろ、何の魅力もない自分のような人間を好きになってくれたBさんに対して、恩返しのような気持ちで、全力で尽くそうとする筈です。Bさんは Bさんで、そんなにも自分を想ってくれるAさんの姿を、好ましく感じるかもしれません」

「……私は好ましいと思わないですね」

「思わない？　何故？」

「だって、根本的な問題はなにも解決されてないじゃないですか……それ、もしもＢさんの方が、Ａさんに対して『別れよう』って伝えたらどうなるんです？

　別に、本当に嫌いになったとかじゃなくて。ただそれだけをＡさんに伝えて、Ｂさんが相手の前からいなくなったら。Ａさんは、ちゃんとＢさんのことを追いかけてあげるんですか？」

「追いかけないでしょうね～」

　首を左右に振りつつ、浴衣男性は言う。「なにせ相手は、『私のことを好きではなくなってしまった』わけですからね。どれだけ悲しかろうと、納得できなかろうと、Ａさんにとってはそれが全てで、それで終わりなのです。

　Ｂさんを追いかけて復縁を求めるなど、とんでもないことです。ＡさんはＢさんのことを思いやっているからこそ、好きでもない自分の隣に無理していさせ続けるなんて、そんな負担を強いることは出来ません。ＡさんはＢさんへの愛ゆえに、Ｂさんを諦めるのです」

「……違います！　そんなの思いやりでも愛でもありません！」

　熱のこもった口調で、海鳥は叫んでいた。

「だって、だって、だって……たとえＢさんに嫌われたんだとしても。ＡさんがＢさんを好きだって気持ちには、何の変化もない筈じゃないですか！」

「…………」

「最初のきっかけこそ、Bさんが自分を好きになってくれたことだったんだとしても……ずっと一緒にいたのなら、そのAさんだって、Bさん自身のことを好きになっていないとおかしいですよね？　Bさん自身のことが本当に好きなら、たとえどんなことがあっても、Bさんと一緒にいたいって思う筈（はず）ですよね？

　本当は好きで一緒にいたいのに……もしもAさんが、相手に拒絶されるのが怖くてその気持ちに蓋をしているだけなら、それはやっぱり、思いやりでも愛でもないと思います。ただ、逃げているだけです」

「では、本当に好きでなかったら？」浴衣男性は尋ねる。「ずっと一緒にいたけれど、Bさんから好意を向けられて嬉（うれ）しかったけれど、いざ離れられたら、別に言うほどの気持ちでもなかった。追いかけたいと思うほどでもなかった。Aさんにとって、所詮はBさんがその程度の存在でしかなかったなら、どうです？」

「……～っ！　そ、そんなのっ！」

浴衣男性の問いかけに、海鳥（うみどり）はわなわなと、両肩を震わせて、

「そんなの、Bさんの方が可哀想（かわいそう）すぎ――っ！」

……。……。……。

「………あっ」

そこで海鳥は、ハッとしたように、自らの口元を押さえていた。

彼女が気づいたのは、まさにその瞬間だった。

そして、そんな彼女の反応を眺めつつ、浴衣男性は、満足そうに微笑んでみせる。

「理解できたようですね、海鳥さん。今のが今回、AさんがBさんに対して……海鳥さんが奈良さんに対して、『やってしまったこと』、ですよ」

◇◇◇◇

「わ、私……こ、子供の頃から、ずっと、こんな、感じで……」

海鳥母は、何度もつっかえるようにしながら、言葉を重ねていく。

「い、今の私でさえ……子供の頃に、比べたら、だ、大分まともになった方で……こ、子供の頃は、家族以外とは、一切会話、で、できへんかったよ……友達なんか、できるわけも、なくて……ずっと、独りぼっちで……。

さ、さりとて……家族仲がええわけでも、なくて……と、特に、お兄ちゃんらのことは、皆苦手で……しゃ、喋り方が、イライラする、言われて、い、いつも、虐められとったね……」

「…………」

横合いの奈良は、両膝に手を置いて、海鳥母の話に真剣に聞き入っている。

「で、こ、高校生のときやった……い、今の奈良さんと、同じくらい、やね……わ、私は、東月を、妊娠しました……」

「……めっちゃ話飛びますね」

「と、特に、それまでの人生で、特筆すべきことも、な、ないからね……う、うふふふ……」

海鳥母は、自嘲気味に笑い声を漏らして、「ほ、ほんまに、あのときは、びっくりしたよ……い、いかに、感受性が、し、死滅している、私と言えどもね……せ、青天の、霹靂って、感じで……お、親にも、めっちゃ、お、怒られたし……も、もし産むとなったら、学校やめて、働かな、あかん、わけやから……」

「……でも満月さんは、産むことを選んだんですよね？」

「……う、うん」

こくこく、と海鳥母は何度も頷いて、

「ま、周りからの、反対を全部、押し切って、ね……と、特に父親とは、大げんかに、な、なったけど……と、とにかく私は、家を出て、学校も中退して……ひ、姫路を離れて、この神戸で暮らすように、なったの……東月と、二人で……。

……そ、そう、親子二人きり、やった……ついてきて、くれへんかった……と、東月の、父親は……」

「…………」

「……い、いなくなった、あの人は……私たちの、前から……も、もう、思い出したくも、ないことやけど……。

こ、子供が、生まれたら、い、一緒に育てるって、言ってた筈、やのに……わ、私は、確かに、この耳で、そう聞いた、のに……あ、あの男は、じ、自分の娘を、見捨てて、逃げた……う、うう、嘘を、吐いた、私たちに……」

「……大変でしたよね？　その後の生活って」

海鳥母の顔を覗き込みつつ、奈良は問いかける。「信用していた相手にも、裏切られて。知らない土地で、たった一人で、娘を育てないといけなくなったわけですから」

「……う、うん。まあ、それは確かに、地獄みたいに、しんどかったよ……」

引きつり笑いを浮かべて、海鳥母は答える。

「ま、まあ、クラスメイトや、家族とさえ、まともに、つ、付き合われへん、ような、女が……しゃ、社会に出て、通用するわけも、ないから……ま、毎日、毎日、クタクタに、なるまで、働いて……で、でも、私、出来損ないやから、周りに、たくさん迷惑かけて……ま、毎日のように、お、怒られて……。

お、お給料も、ぜんぜん、もらわれへんから……ほ、ほんまに、その日を、凌いでいくので、精一杯やった……身体と、心も、ど、どんどんすり減って、いって……ふ、普通の人が、普通に出来る、ことが、なんで私には、できへんの、やろうって……毎晩、す、すすり泣いてたの、よう、憶えてるよ……」

「…………」

「そ、そんな生活の中で……私は、何度呪ったか、分からへん……東月の、父親を……。あ、あの嘘吐きさえ、おらんかったら……わ、私の人生は、もっと違ってた、筈やのに……わ、私がこんなに毎日、苦しんでいるのに……な、なんで、あの男だけは、どこかで、のうのうと……な、何の責任も取らんと……わ、悪いのは全部、あの男やのに、って……」

「…………」

「……で、でも、東月だけは、救いやった」

「……え？」

「じ、自分への情けなさと、あの男への、憎悪で、おかしくなりそうな、毎日の中で……わ、私は何回、あの子に、救ってもらったか、分からへん……」

そう語る海鳥母の表情には、いつの間にか、安らぎの色が滲んでいる。

「だ、だって、あの子は……絶対に、私のこと、馬鹿に、しないから……そ、それは、なにも、私が、お母さんやからや、なくてね……あ、あの子は、単に、そういう子、やから……な、奈良さんも、あの子と付き合い、あるなら、分かってくれる、でしょ……？」

「……確かに」

海鳥母の問いかけに、奈良は小さく頷き返す。

「それは、分かる気がします」

「で、でしょ……？　ほ、ほんまに、優しい子なんよ、あの子は……わ、私と、あの男みたいな、最悪な親から、生まれたとは、と、とても思われへん、くらいに……わ、私の人生で、唯一他人様に、誇れることが、あるとすれば……そ、それは、あの子を産んだ、ことくらい、やろうね……」

「…………」

「……で、でもね、奈良さん」と、そこで海鳥母は、力なく息を漏らして、「そ、そんな私と、東月の暮らしは……ろ、六年前に、唐突に終わりを、迎えたんよ……」

◇◇◇◇

「ねえお母さん。もう今の仕事辞めなよ」

その夜。いつものように仕事から帰ってきた海鳥母は、玄関で待ち構えていた娘に、そう語り掛けられていた。

「……は？　仕事、辞めろ？」

呼びかけられて、しんどそうに玄関で靴を脱いでいた海鳥母は、怪訝そうに娘を見返す。

「な、なに言うてるの、東月……藪から棒に……」

「……お母さん。私、もう見ていられないんだよ」

彼女の娘は、真剣な顔つきで、海鳥母のことを見つめ返してきていた。「今のお仕事、絶対にお母さんに向いてないよ。毎日こんなに遅くまで働いて、いつもそんな辛そうな顔で帰ってくるのに、お給料はぜんぜん良くないんでしょ？　絶対、別の仕事を探した方がいいって」

「……は、はあ？　な、何をアホなことを……」

海鳥母は、ふるふる、と首を左右に振り返して、

「べ、別の仕事を、探せって……そ、そんなもん、簡単に見つかって、堪るかいな……。わ、私みたいな人間を、雇ってくれる、ところなんて、そうそう、ないんやから……。は、働かせて、もらえるだけでも、ありがたいのに、選り好みなんて、しとったら、罰が当たるわ……。ど、どれだけ、辛くても、しんどくても、文句言わずに、頑張らんと……」

「……じゃあお母さん、その辛くてしんどい仕事、一生続けるの？」

「……え？」

「この先何十年も、将来の見えない仕事をずっと続けていくの？　お母さんは、それに堪えられるの？」

　母から視線を逸らさずに、娘は問いかけてくる。

「もちろん、先のことなんて誰にも分からないけど……でも、これだけは言えるよ。お母さんが現状を変えようとしなかったら、お母さんの人生は、一生このままだって」

「……な、なんやの、あんた！」

海鳥母は、声を荒らげていた。「や、辞めろ、辞めろって……！　じゃ、じゃあ、辞めたとして、明日からの生活、どうするのよ……!?　あ、当たり前やけど、一円もお金、入ってこなくなるよ!?　そ、それとも、東月が代わりに、働いて、くれるん……!?」

「……姫路を頼ればいいでしょ？」

「…………は？」

「姫路の家に、二人で頭を下げにいけばいいでしょ？　助けてください。新しい仕事が見つかるまで、生活の面倒を見ていただけませんか？　って」

「…………な、なんやって？」

「私も子供なりに、色々考えてみたんだよ」あくまで冷静な口調で、彼女の娘は続けてくるのだった。「確かに、褒められた行動じゃないのは、事実だけどさ……もうそんなこと言ってられる場合でもないと思うんだよね。

　少なくともそうしたら、お母さんの抱えている問題は解決する筈でしょ？　今のお母さん、とにかく毎日の仕事をこなすのが精いっぱいで、先のことを考える余裕なんて一切ないって感じだから。まずは生活を安定させることが、第一なのかなって」

「…………」

「で、生活を安定させたら、その後ゆっくり仕事を探していけばいいんだよ。お母さん、まだ28歳なんだしさ。むしろやり直しの利く今の年齢の内に、思い切って舵を切った方が
――」

「……嫌や」

「……え？」

「……い、嫌や、そんなん……絶対に……私は、そんなこと、死んでも、せん……」

　視線を逸らしつつ、吐き捨てるような口調で、海鳥母は言う。

「……あ、あの家の人たちは、もう、他人なんやから……い、今さら頭を下げに、行くなんて、そんな真似、したない……！」

「……ちょっと待ってよ、なにそれ？　変な意地張ってる場合？」

娘は、半眼になって、母を睨（にら）んできていた。

「お母さんが勘当されたのって、もう十年くらい前の話でしょ？　そんな昔のこと、姫路（ひめじ）の家の人たちも拘（こだわ）らないって。二人で頭を下げたら、きっと助けてくれるって」

「……だ、だから、そういう問題と、違うのっ！」

ぶんぶんっ、と子供のように頭を振り乱しつつ、海鳥（うみどり）母は叫んでいた。

「こ、これは、大人の世界の、問題やの……っ！　子供の、あんたには、分からへん、ことやの……っ！　と、とにかく、姫路の家だけには、絶対に、頼らん……！　話は、それで、しまいや……！」

「……お母さん」

そう、頑（かたく）なな態度で拒絶してくる母の姿を、なんとも言えなそうな目で、娘は見つめて、

「……ねえお母さん。そんな風に、私に対して嘘吐（うそつ）かないでよ」

「……え？」

「私、もう全部気づいてるから」

優しい口調で、彼女の娘は語り掛けてくる。

「お母さん、姫路の家には絶対に頼らないとかいって……実はおばあちゃんから、ちょくちょくお金をもらってるんでしょ？」

「……っ!?」

「お母さん一人の稼ぎだけじゃ、とても生活を回していけないから、自分の母親に助けてもらってるんだよね？　陰ではこそこそそんなことしてるくせに、表から堂々頭を下げにいくのは嫌って、どういう理屈なの？」

「………っ！」

射貫くような娘からの眼光に、海鳥母は、表情を凍り付かせていた。「……ちょ、ちょっと待って、東月！　違うの！　そ、それは、違う！」

「……違う？　なにが？」

「……あ、あのお金は、あの人が、勝手に、渡してくる、だけで！」

「………」

「……な、なんやっ！　なんやなんやなんやっ！　あんたはさっきから！」

と、決まりの悪さを誤魔化すように、海鳥母は金切り声を上げていた。

「そ、そんなに貧乏が、嫌なんか！　そんなに、お母さんと、二人で暮らすのが、嫌なんか！　そ、それやったら、あんた一人だけ、ひ、姫路で、暮らしたらええやろ！　私は、一人で暮らす、から！」

「……はあ？」

「わ、私は、あの家が、大嫌いなんや……！　あんたを、妊娠したときの、ことを、私は、一生、忘れん……！」

今にも泣き出しそうな声で、海鳥母は絶叫する。

「お、お父さんも、お母さんも、お兄ちゃんらも……あ、あの人らは寄ってたかって、私を責めよった……！　私を、悪者みたいに、言いよった……！　わ、私は何にも、悪くないのに……！　悪いのは、全部全部、あの嘘吐きの、方やのに……！」

「……お母さん」

そんな母の怨嗟の声に、娘は、ゆっくりと口を開いて、

「──なに言ってるのお母さん。そんなの、お母さんも悪いに決まってるじゃん」

「……え？」

「私の父親に当たる人がクズだったのは、確かに事実かもしれないけど……結局、私を産むことにしたのは、お母さん自身の選択なわけでしょ？

だとしたら、そのせいでお母さんが高校をやめる羽目になったのも、お母さんが毎日仕事で辛い思いもしなきゃいけないのも、一つも他人のせいなんかじゃないよ。全部お母さんの、自業自得だよ」

「……東月？」

「私は何も、お母さんのことを責めたいわけじゃないんだよ。ただ、現実を見てほしいだけなの。いつまでも子供みたいにダダこねてたって、苦しいだけで、現実は何も変わってくれないんだから」

そう語る、娘の眼差しは──海鳥東月の眼差しは、およそ母が一度も目にしたことがないような、冷ややかなものだった。

◇◇◇◇

「……ショック、やった」

か細い声音で、海鳥母は言う。

「じ、人生で、間違いなく、一番に、ショックな出来事やった……あ、あの子の父親に、捨てられた、ときやって、あれほどの、ショックでは、なかったと、思う……」

「………」

「じ、自分はこの子に、本当に、心の底から、し、失望されて、しまって、いるんやって……その言葉の、一つ一つが、眼差しが、ぜ、全部『本心』、なんやって。あの子の、『体質』を、知ってしまっている、私には、理解、出来てしまったから……。

……そ、それで、その夜の、ことよ……」

海鳥母は、ぼんやりと虚空を眺めて、

「わ、私は、自殺、しようと、し、しとった」

「――え？」

「ろ、ロープで、首を吊ろうと、しとった……衝動的、に……」

「…………！」

無表情で、唖然としたように、海鳥母を見つめる奈良。

そんな視線を受けつつ、海鳥母は、尚も言葉を続けていく。

「で、でも、今考えたら、本気で、死のうとしとったわけや、なかったと思う……よ、弱虫の私に、そんなん、出来るわけ、ないし……あのときは、ほんまに夢でも、見ているような、気分で、わけが、分からなくて……」

「…………」

「……で、その準備を、しているときに……東月が、トイレに、起きてきて……」

「……なっ⁉」

　ぎょっとしたように、奈良は声を漏らす。「ちょ、ちょっと待ってください！　見られたってことですか⁉　その姿を、あの子に⁉」

「……さ、最初は、眠そうに、目を擦ってて、何がなんだか、よう分かってへん、いう感じやったけどね。

　そ、それでも、天井から、ぶらさがった、ロープの輪っかを、見た途端……け、血相を変えて、わ、私の身体に、飛びついて、来よったよ……『やめて、お母さん！』、『お願い、やめて！』、『私が、悪かったから』、『もう、二度と、今日みたいなこと、言わないから！』って、ぼろぼろ、涙を、こぼしながら……」

「…………」

「た、多分、それから、やね……あの子が、他人と、深く、関わるんを、恐れるように、なってしまった、のは……」

「…………」

「……ふふっ、ふふふふふふっ」

海鳥(うみどり)母は、乾いた笑い声を漏らしていた。「ほ、ほんまに、もしも願い事が、一つだけ叶(かな)うのなら……当時の自分を、そのまま、ぶち殺して、やりたいわ……っ！」

「…………満月(まんげつ)さん」

「あ、あんなん、一つも東月(とうげつ)に、責任はない……わ、私が勝手に、追い詰められて、たまたま、東月の一言が、きっかけになって……あ、アホな真似(まね)を、しそうになった、言うだけの、話よ……！

で、でも東月は、きっと死ぬまで、そうは思わへん……！　自分の言葉が、母親を殺しかけたと、勘違い、し続けるやろう……！　あ、あの子にとって、一生のトラウマを、私は、作って、しまったの……！」

◇◇◇◇

「…………」

パイプ椅子の上で、海鳥は、完全に沈黙していた。

彼女の脳裏をよぎっているのは、先日の電話で奈良からかけられた、言葉の数々である。

――なんで私が嫌な気持ちになっているのか、キミがぜんぜんピンと来てないことが、私は一番ムカつくって言っているんだよ！

――だって海鳥、私のこと、そんなに好きでもないんでしょ？

――私たちの関係は、そもそもそんなに深くなかったんだよ。『友達』なんか、程遠いレベルで。


「しかし、本当に良い仲良しさんを持ったものですよね、海鳥さんも」

と、そんな海鳥の横合いから、浴衣男性が、穏やかに言葉をかけてくる。

「あなたの話を聞いているだけで、よく伝わってきましたよ。その奈良さんという人は、本当にとことんのとことんまで、海鳥さんのことが大好きなのでしょうね。でなければ困っているあなたを見かねて、一緒に姫路にまでついていったりしないでしょう。

海鳥さんがピンチなら、なんでも力になってあげたい。海鳥さんの問題は、自分の問題も同然。そんな風に、どんなときでも『味方』になってくれる相手になんて、そうそう巡り合えるものではありませんよ。

正直、勿体ないくらいです……他者への『思いやり』と『愛』に欠け、ただ人から愛されるのを待っているだけの、あなたのような人間にはね」

「…………カウンセラーさん」

海鳥はぼんやりと浴衣男性を振り向いていた。

「……私、どうしたらいいんでしょうか？」

弱々しい、相手に縋りつくような声音で、彼女は問いかける。「私、カウンセラーさんのおかげで、ようやく理解できました……私がこの夏休み、どれだけあの子に酷いことをしてしまったのか。どれだけ、あの子の心を傷つけてしまったのか」

「………」

「本当に、もしも叶うなら、私のこの夏の発言を全部取り消したいくらいです……でも、それは現実には不可能だから」

「――それは」

と、海鳥の問いかけに対して、浴衣男性が口を開きかけた、そのときだった。

待機場所の入り口付近から、唐突に、第三者の声が響いてきていた。

「――失礼します」

「お話しされているところ、申し訳ないのですが、少々よろしいでしょうか？」

「………えっ？」

海鳥は弾かれるように、声のしてきた方を振り向く。

そこに佇んでいたのは、女性警官だった。

20代半ばほどの、年若い女性警官だ。

「……はあ？　なんですか？」一方の浴衣男性は、やや不快そうに顔をしかめて、「すみませんお巡りさん。何の用だか知りませんが、もう少し待っていただけませんか？　俺たちは今、大事な話をしているところで――」

――が、そこで彼は、不意に口をつぐんでいた。そして、何やら驚いた様子で、正面の女性警官をまじまじと見つめる。「……ああ、なるほど。そういうことでしたか」

「…………」

女性警官は、浴衣男性の方には一瞥もくれずに、ただ海鳥の方にだけ視線を向けている。

「ええと、目撃者の方。大変お待たせして、申し訳ありませんでした。もう結構ですよ」

「……え？」

「もう家に帰っていただいて、構いません。事務的な手続きは、すべて完了しましたので」

「……は？」

女性警官の言葉に、海鳥はぱちぱち、と目を瞬かせて、

「……？　で、でも私、まだ何も書類とか書いてないですけど？」

「はい。ですから、何も書いてくださらなくて結構ということです」

「……ええ？」

そう涼やかに告げられても、海鳥にはまるで訳が分からない。「ちょ、ちょっと待ってください。なにも書かなくていいって……じゃあなんで私、こんな時間まで待たされていたんですか？」

「…………」

その質問に、女性警官は答えてこなかった。

彼女は無言で、涼やかに微笑みつつ、海鳥の方を見返してきている。

「……？」

と、そんな女性警官と見つめ合っていた海鳥は、不意に眉をひそめて、「……あの、どこかでお会いしたことありますか？」

「――は？」

ぴくっ、と女性警官の表情が、にわかに引きつる。

「……なんですって？」

「い、いえ、なんとなくですけど……あなたとは、初対面じゃないような気がして」

「…………はあ、そう言われましても」女性警官は無表情で首を傾げていた。「人違いじゃないですか？　少なくとも私の方は、あなたに見覚えなんてありませんが」

「……本当ですか？　でも私、やっぱり既視感が――」

「まあまあ、海鳥さん。そんなことどうでもいいじゃないですか」

そんな海鳥の言葉は、横合いから飛んできた浴衣男性の声に遮られていた。

「警察の方もこう言ってくださっているわけですし、素直に帰られたらどうです？　あなたも好き好んで、こんな場所に拘束されていたわけではないでしょう？

なによりあなたは、もうこれ以上、こんなところで油を売っている暇なんてない筈ですよ。今すぐにでも、奈良さんに謝りに行かないといけないのですから」

「……え？」

「さっきの質問に対する答えですよ」

浴衣男性は微笑んで言う。「もしも奈良さんと『仲直りがしたい』と思っているなら、それ以外に取るべき選択肢なんて、あなたにはないでしょう。

もちろん、それで奈良さんが許してくれるかどうかは分かりませんよ？　奈良さんが今回のことでどれほど怒っているか、少なくとも俺には推し量りようがありませんからね。しかし確実に言えることは、このまま謝らずにいれば、海鳥さんと奈良さんの縁は確実に切れてしまうだろう、ということです」

「………」

「……だからまあ、『まともな大人』なら、きっと誰もが、あなたに『今すぐ謝りに行け』と促すでしょうね。なので後は、海鳥さん自身が決めることです。奈良さんに謝りに行くのか、行かないのか」

「……カウンセラーさん」

ぎゅっ、と服の袖を握りしめるようにしつつ、海鳥は浴衣男性の方を見返していた。「わ、私……私は……」

「……ふふっ、なるほど。その表情を見ただけで、あなたの答えはよく分かりました」

やれやれ、という風に、浴衣男性は肩を竦めてみせる。

「なら、早く行ってあげなさい。もしかしたら奈良さんの方も、今頃あなたを探して、神社の中をウロウロしているかもしれませんよ？」

「…………っ！」

彼の促しに、海鳥は覚悟を決めたような顔つきで、パイプ椅子から立ち上がっていた。

そして、浴衣男性に向けて、深々と頭を下げ返す。

「……あの、本当にありがとうございました、カウンセラーさん！　こんな風に、見ず知らずの私の相談に乗っていただけて！　この御恩は一生忘れません！

……でも、本当にタダでいいんですか？　お金なら私、銀行の口座を教えていただければ、後で振り込みますけど」

「ははっ。そんなこと本当に気にしなくていいですよ。俺がやりたくてやったことです」

浴衣男性は、ひらひらと掌を振るようにしつつ、言葉を返す。

「奈良さんとの仲直り、出来るといいですね。あなたたちの友情が末永く続いていくのを、俺は心から願っていますよ」

「…………！　は、はい、分かりました！　私、頑張ってみます！」

海鳥は、最後にもう一度深く頭を下げて、

「そ、それでは、ご縁があったら、またどこかで！　失礼します！」

そう元気よく叫びながら、警察署の出口へ向けて、駆け出していくのだった。

――そのときは、潔く絶縁を受け入れるよ。奈良が私のことを嫌いだっていうなら、もう私には、どうすることも出来ないから。
――奈良のことを大切に思っているからこそ……もしも奈良が私のことを嫌になったたな

ら、すぐに離れようって思えるんだよ！　奈良のこと、絶対に傷つけたくないから！

――だって私は、『普通』じゃない……『普通』の友情なんて求めちゃいけない、『嘘を吐けない』人間なんだから……。


「…………」


奈良の脳裏を、先日の電話で海鳥からかけられた言葉が、駆け巡っていた。

どれもこれも、先日の奈良をこれでもかとイラつかせた、癪に障る発言のオンパレードである。何故こんな酷いことを彼女は言えてしまうのか、そのときの奈良は、その神経がさっぱり理解できなかった。

しかし、今は……。

「……ね、ねえ、奈良さん」

と、そんな奈良の真横で、海鳥母は、おずおずと口を開いて、「い、今、こんなことを、言っても……呆れられる、だけかも、しれへんけど……わ、私、今、夢があるの……」

「……夢？」

「しゃ、社会復帰、したいのよ、私……」

自信なさそうに、視線を彷徨わせつつ、海鳥母は言う。

「ほ、ほんまに、ほんまに、め～っちゃ、難しいこと、とは、思うけど……そ、それでも、頑張って、またお仕事を、見つけたいの……む、昔とは違う……私にも、務まるような、私に向いた、お仕事を……そ、それで」

「……それで？」

「……それで、それでね」

もじもじ、と海鳥母は、小刻みに身体を動かしながら、

「……と、東月と、また、暮らせるように、なりたいの、私……こ、今度こそ、ちゃんとした、お母さんに、なって……あ、あの子と、二人で……」

「…………」

「……ふっ、ふっ、うふふふっ！　こ、こんなこと、聞かされても、困るよね、奈良さん……わ、私みたいな、ダメ大人が、い、今さら、東月の母親を、名乗ろうとするなんて……も、もう私には、そんな資格、あらへんのに……」

「……いいえ、そんなことないですよ」

海鳥母の目を真っ直ぐに見据えて、奈良はきっぱりと言い放っていた。

「私は、すごく素敵な夢だと思います」

「……え？」

「多分海鳥だって、そうなったら凄く嬉しがると思いますよ。あの子、満月さんのこと、『好き』ってはっきり言ってましたから……少なくとも私は、満月さんのその夢、心から応援したいです」

「…………っ！」

「……まあ、他人にそんなことを言う前に、まずは自分が頑張れって話なんですけど」

「……？　え？　ど、どういう意味？」

「……ええと、実はですね」

奈良(なら)はそこで、決まりが悪そうに頬(ほお)を掻(か)いて、

「私、たった今、あの子と喧嘩(けんか)している最中でして……」

……が、そこまで言ったところで、奈良は口をつぐんでいた。

「…………え？」

奈良の視線は、正面の景色へと向けられている。

彼女の座っているベンチから、やや遠くに見える、屋台通り——その中央を、一人の少女が駆けてくる。

長い黒髪の、背の高い少女だ。

「…………海鳥(うみどり)？」

「……えっ⁉」

そんな奈良の呟(つぶや)きに、海鳥母は、ぎょっとしたような声を上げる。「えっ？　う、海鳥って、東月(とうげつ)⁉　う、嘘(うそ)でしょ⁉　どこどこ⁉　どこにおるん⁉」

「……いや、どこって言うか、今まさに私たちの方に向かってきてるんですけど」

「…………！　ほ、ほんまや……！」

一呼吸遅れて、海鳥母も、娘の姿に気づいたらしい。なにやら感極まった様子で、口元

を手で押さえる。「う、うわあ、ほんまに、東月や……い、一年半ぶり……！」

「……。なんだよあの子。結局自分で戻ってきたんじゃん」

無表情で、拗ねたような口調で言う奈良。

その瞳は、こちらに駆けてくる海鳥を捉えて、放さない。

――くいっ、くいっ。

そんなとき、出し抜けに、奈良の服の袖が引っ張られていた。

「……？　なんですか、満月さん？」

「ほ、ほな、そういうわけやから、奈良さん……」奈良の服の袖を、二本の指でつまみつつ、海鳥母は言葉をかけてくる。「きょ、今日はあなたに、謝れて……あなたと、話せて、良かったわ……き、機会が、あったら、また、話そな……」

「……は？」

「じゃ、じゃあね」

言うだけ言って、ベンチから立ち上がる海鳥母。彼女はそのまま、海鳥の走ってくるのとは逆方向に、スタスタと歩いていこうとする。

「……ちょっ!?」

奈良は慌ててベンチから立ち上がり、そんな海鳥母の手首を掴んでいた。「ちょ、ちょっと待ってください！　どこに行くんですか、満月さん!?」

「……？　どこって、姫路やけど？」

「……!? も、もう帰るってことですか!?」

「……う、うん、まあそうやね」

海鳥母は頷いて、「奈良さんにも、ちゃんと謝れたし……も、もうこのお祭りに、用はないかなって」

「……い、いやいやいや！ あの子は!?」遠くの海鳥の方を指さしつつ、奈良は問いかける。「まさか、会わずに帰るつもりですか!? せっかくここまで来たのに!?」

「……え、ええ？ いや、そんなこと、言われても」

海鳥母は、何故か困ったような顔をして、「と、東月と、会うって……そ、そんなことするわけ、ないやんか……わ、私には、まだその資格が、ないんやから……」

「……資格？」

「わ、私が、東月の前に、立つんは、ちゃんと社会復帰、出来てからって、き、決めてるから……！」

くいくいっ、と凄まじくか弱い力で、奈良の手を振り払おうとしつつ、海鳥母は答えてくる。「い、今はまだ、時期尚早なの……！ まだ、社会復帰に向けて、何の目途も、立ってないし……」

「……いや、満月さん。そういうの、もう本当に大丈夫なんで」

「……え？」

「海鳥家の『血』か何か知らないですけど、その面倒くさい感じ、本当にお腹いっぱいな

んで」奈良は言いつつ、海鳥母の手首を、更に強く握り直していた。「このまま二人で、海鳥のことを待ってましょう。ここに立っていたら、確実にあの子には見つけてもらえると思うので」

「……!? え、ええ!?」

途端、さああ、と真っ青になる、海鳥母の顔。「ちょ、ちょちょちょ、ちょっと待って、奈良さん……! や、やめて……! それだけは、堪忍して……!」

「いいえ、堪忍しません——流石の私も、二回目の敵前逃亡を許すほど、心は広くないですよ?」

◇◇◇◇

「…………え?」

人にぶつからないようにしつつ、早足で屋台通りを駆け抜けていた海鳥は——その二つの人影を目にした途端、足を止めていた。

「……ちょっと待って。どういうこと?」

呆然とした表情で、海鳥はまじまじと、正面の二人を眺める。

「な、なんで奈良が、お母さんと一緒にいるの……?」

「…………」

そんな海鳥の問いかけに、二人の内の片方——奈良は、ぽりぽりと頬を掻いて、

「まあ、なんか、成り行きで……」

「……成り行き？」

「……ほら、満月さん。娘さん来ましたよ」

奈良は言いながら、二人の内のもう片方――海鳥母の肩を、ぽん、と叩いてみせる。

「なんか言ってあげること、あるんじゃないですか？　お母さんとして」

「……っ！　ほ、ほんまに、今日のことは、根に持つで、奈良さん……！」

海鳥母は、恨めしそうに奈良の方を睨んでいたが……ややあって、観念した様子で、海鳥の方を見返してくる。「……っ！　と、東月……その、ひ、久しぶり……」

「……。う、うん、久しぶり、お母さん」

母のぎこちない挨拶に、やはりぎこちない挨拶を返す娘。

なんとも形容しがたい、微妙な空気が、親子二人の間に流れる。

（……いや本当に、なんでお母さんがここにいるの？　なんで奈良と一緒にいるの？）

まるで訳が分からない海鳥。彼女は内心の疑問をそのまま、目の前の母に投げかけようと、口を開きかけるが、

「……あ、あの、東月！」

それより一瞬早く、正面の母の方が、声を上げていた。「……あ、あんた、一学期の成績……学年3位、やったんやて……？」

「……え？」

その一言に、虚を突かれたように固まる海鳥だった。

そんな彼女に向けて、海鳥母は、尚も言葉を続けてくる。

「きょ、去年の三学期の成績が、4位、やったから……じゅ、順位、一つ、上がってんな……が、頑張ったんやね……！」

「……う、うん、ありがとう」

海鳥は困惑をありありと顔に浮かべつつ、言葉を返していた。「……え？ なんで知ってるの、そんなこと？」

「……し、知っとるよ、もちろん……あんた、いつも、おばあちゃんに、成績、報告してるでしょ……？ わ、私も、それ、おばあちゃんから、教えてもらってて……毎学期、毎学期、楽しみに、してるから……」

「…………」

「と、東月は、子供の頃から、お勉強、得意やったもんな……小学校のテスト、いつも、100点やったし……こ、高校も、頭ええとこ、合格して……。お、お母さん、文科系やけど、べ、勉強はできへん言う、一番、可哀想なタイプ、やったから……と、東月のこと、ほんまに凄い、思てんのよ……ほんまに、偉い……お母さん、凄い、誇らしい……」

「……お母さん」

海鳥は、なにやら衝撃を受けた様子で、母を見つめている。「……なんか、大分元気になってない？　前に会ったときより」

「……！　ふ、ふふふっ！　そ、そうかな……？　ま、まあ、ええ暮らしさせて、もらってる、から……お、親の、お金で……うふふふふふっ！」

「…………」

「…………」

そして、また会話が途切れてしまった。

お互いになんと言っていいか分からないのか、沈黙の時間が五秒、十秒と続いていく。

そして、十五秒目あたりにさしかかったところで、

「……う、うわあああああ！」

海鳥母は、突如として奇声を発すると、そのまま踵（きびす）を返して、明後日（あさって）の方向へと駆け出していた。「ご、ごめん東月！　奈良（なら）さん！　私、もう限界！　姫路（ひめじ）に帰ります～！」

「あっ！　ちょ、ちょっと、満月（まんげつ）さん!?」

奈良が慌てたように呼び止めるが、海鳥母は、振り向きすらしない。そのまま、あっという間に後ろ姿が見えなくなってしまう。

……。……。

かくしてその場には、海鳥と奈良、二人だけが残される。

「…………」

「…………」

夜空の下、髪の長い少女と、髪の短い少女が、見つめ合う。

「……ええと、奈良。お母さんのこととか、色々訊きたいことはあるんだけどさ」

ややあって海鳥は、おずおずと口を開いて、

「とりあえず今、凄く久しぶりに会話したよね、私たち」

「……うん、そうだね」

無表情で頷き返す奈良。彼女はそのまま、後方のベンチを指さして。

「……ねえ海鳥。ちょっとあそこに座って、二人でお話ししようか」

◇◇◇◇

「いくらなんでもさ。あのいなくなり方はないんじゃない？」

ベンチに座るなり、奈良はそんな第一声を発していた。「百歩譲って、帰るのはまだいいよ？　ただ、それならせめて、あの場にいた全員を納得させてから帰るべきでしょ。羨望桜に言うだけ言って帰っちゃうなんて、あんなの失踪と変わらないよ」

「…………」

「とがりちゃんとか、めっちゃ悲しんでたからね。『東月ちゃんと屋台出来るの、楽しみにしてたのに』って」

「……うん、本当そうだよね」

海鳥は力なく頷き返していた。「本当に自分勝手な行動をしたんだなって、今なら分か

るよ……あのときは、あれが一番最適な選択だって、信じて疑ってなかったけど」

「……まあ。とはいえこの件に関して、キミだけを責めるのは筋違いだろうけどね」

「……え？」

「半分は私のせいでしょ。それくらい、ちゃんと分かってるから」

　奈良はため息まじりに言う。「だから私、キミのことを連れ戻しに来たんだよ。喰堂さんに、『お前がいかねーと駄目だ』って、怒られちゃって」

「……奈良」

　そんな彼女の横顔を、海鳥はじっと見つめて、

「……ね、ねえ奈良。実は私、さっきまで警察署の中にいたんだけどね」

「……は？」

「そこで、若く見えるけど多分40代くらいの、自称カウンセラーのおじさんと知り合ったんだけど――」

……。……。

「……ふん、なるほどね」

　海鳥の一通りの説明を受けて、奈良は感心したように、息を漏らしていた。

「その自称カウンセラーのおじさん、死ぬほど胡散臭い割に、けっこう良いところ突くじゃん。私がBさんで、キミがAさんね」

「……うん、本当にそうだよね。私の話を聞いただけで、私たちの関係性を的確に分析し

てみせるなんて、流石はプロのカウンセラーさんって感じだよ。なんだか、ちょっと不思議な雰囲気の人だったけど」

「……まあ私としては、そんなよく分からないおじさんに、私たちの関係性を分析されたくはないけどね。なんかたとえ話のチョイスも、微妙に気色悪いし」

奈良は肩を竦めて言いつつ、おもむろに、海鳥の方に視線を移して、

「……で？　その自称カウンセラーのおじさんのおかげで、キミはようやく、私の不機嫌の原因に気づけたみたいだけど。

そこまで分かった上で、キミは一体、私に何を言ってくれるのかな？」

「…………」

ごくり、と唾を飲み込んで、海鳥は奈良を見つめ返す。

「……あのね、奈良。私、ここまで走ってくる途中にも、色々考えたんだ。私は今、奈良に何を言うべきなのかって。奈良に対して、どうやって謝るべきなのかって」

「……うん」

「考えて、考えて、考えて……それで、ようやく出した結論が、これなんだけど」

海鳥はそこで、なにやら覚悟を決めるように、大きく息を吸い込んで、「ごめん奈良……私やっぱり、今すぐに自分を変えることは、出来ないと思う」

「…………」

「もしもこの先、あなたに本当に嫌われても、私はあなたを、追いかけられないと思う」

心から申し訳なさそうな声音で、海鳥は言う。「本当に、最悪なことを言ってしまっているって、自覚はあるんだけど……私は、自分の気持ちに嘘を吐くことは、出来ないから」

「………そう」

若干の沈黙の後、頷き返す奈良。

「……まあ、それは仕方のないことだよね。気にしないで海鳥。ちゃんと私の言いたいことを分かった上で、その結論を出してくれたっていうなら、私も何も言うことは――」

「――でもねっ、奈良！」

が、そんな奈良の返答を、海鳥は遮って、「私は、あなたを追いかけることは出来ないかもしれないけど――これなら出来るよ！」

「……え？」

そして、次の瞬間、だった。

海鳥は、隣の奈良に、思い切りハグしていた。

「………え？」

ぎゅううううう。

海鳥の身体が、これでもかという強さで、奈良の身体に押し付けられる。

より正確に言えば、二人には身長差があるため、ちょうど奈良の顔面が、海鳥の豊かな胸に押し当てられるような格好である。

「………？？」

海鳥の胸の中で、無表情のまま、ぱちぱち、と瞼を瞬かせる奈良。

「………本当に、ごめん奈良。私、これしか思いつかなかったんだ」

そして、奈良を抱きしめたままで、海鳥は語り掛けていく。「あなたにどう謝罪するか、考えている途中に、私ふと、ぜんぜん関係のないことに気づいてさ……そういえば、私の方からあなたにハグしてあげたことって、一度もないなって」

「………」

「奈良、よく私にハグしてくれるでしょ？　他にも髪を触って来たり、膝枕を要求してきたり……定期的に私とスキンシップをしないと、禁断症状を起こすからって、いつもあなたは冗談めかして言ってるけどさ」

と、海鳥はそこで、なにやら声を上ずらせて、「……その、今までは恥ずかしくて、ちゃんと言ってはこなかったんだけど。私あれ、実はかなり好きなんだよね」

「………」

「あ、あなたにぎゅーってされたり、甘えられたりしたとき……口では言わないだけで、本当はいつも凄く喜んでるんだよ、私。なんていうか、奈良の私に対する『好き』を、全身で感じられている気がして、心地よくて……」

「………マジか」

海鳥の胸に顔を埋めたままで、奈良は言葉を返す。「大丈夫海鳥？　キミ、熱とかない？　後で恥ずかしくて死にたくなったりしない？」

「……っ！　い、今だって死ぬほど恥ずかしいよ、こんなこと言うの！　でも一応、あなたに対する謝罪だから、これ……！」

海鳥は言い返しながら、こほんっ、と動揺を誤魔化すように、咳払いを一つ入れて、

「だ、だけどさ奈良。私はそんな風に、あなたから数えきれないほどのスキンシップをされてきたのに……私の方からは一度もスキンシップをしたことないなんて、そんなのおかしいって、さっきようやく気づいたんだ。もらうだけもらって、何も返せてないなって」

「…………」

「今回の私たちの喧嘩の、縮図みたいなものだよね、これって……で、それに気づくと同時に、私は思ったんだよ。今すぐに自分を変えることは出来なくても、ハグならしてあげられるって。今すぐに、してあげられるって」

「…………。それで、ハグを謝罪の代わりにしようと思ったのかい？」

呆れたような声音で、奈良は言うのだった。「それはまた、随分な謝罪もあったものだよね。一応訊くけど、私が本当にハグだけで、キミのことを許すと思ったの？　本気で？」

「……。いや、許してもらえるかどうかは、正直分からないと思ってたけど」

海鳥はなにやら、歯切れ悪く答える。「…………でも、喜んでもらえるとは、思ってたよ？」

「…………え？」

「……〰〰っ！　だ、だってさ、奈良！　あ、あなた、私に、ハグされたら……！」

そして彼女は、今にも消え入りそうな声で、続けるのだった。

「………す、凄く嬉しいんじゃないかと思ったんだけど……どうかな？」

「………」

「………だ、だって私、炬燵（こたつ）みたいなおっぱいの、持ち主らしいし」

「………」

奈良（なら）はそこで、海鳥（うみどり）の胸の頭から、ようやく頭を外していた。

自由になった視界で、改めて、正面の海鳥を見つめ返す。

「………～～っ！」

海鳥の顔は、トマトのように真っ赤になっていた。

顔の下半分を、掌（てのひら）で覆い隠すようにして、更に視線を奈良から逸（そ）らしている。どうやら恥ずかしすぎて、相手の顔を直視することが出来ないらしい。

彼女なりに、よっぽどの勇気を振り絞ったのだということが、それだけで伝わってくるようだった。

「……なるほど」

そんな彼女を眺めつつ、奈良は静かに口を開いて、「……はあ、まったく。こいつはぶったまげたぜ。どんな風に謝ってくるのかと思っていたら、まさかハグとはね。こんな謝罪方法、他所（よそ）では聞いたこともないよ。

なによりびっくりなのは、本当にこんなことで、私がキミを許すと思われていたことさ。

ハグされただけで、機嫌直るって……キミの中で、どれだけ簡単な女なのさ、私は」

「………ご、ごめん、奈良」

ため息まじりの口調の奈良に、海鳥は申し訳なさそうに、目を伏せて、「私なりに、一生懸命考えて、これが正解だって思ったんだけど……また、間違えちゃったかな？」

「………」

ぷいっ。

奈良は視線を逸らして、

「………。今の、定期的にやって」

「……え？」

「この一回だけじゃなくて、この先も、一定期間ごとにハグしてきて。いつも私が、キミにやってるみたいに」

なにやら剥れたような口調で、奈良は言うのだった。

「もちろん、私の方から合図とかは出さないよ。あくまでキミが自発的に、キミがしたいと思ったときに、私にハグをしてくるの。二人っきりで、楽しい気分のときにやってくれると、尚よし。後言うまでもないことだけど、あんまりハグの間隔が空き過ぎると、私はまた機嫌悪くなるからね？」

「……えっと??」

と、一気に早口で捲し立てられて、海鳥は当惑したように、目を瞬かせる。

「つまり、どういうことなの、奈良……？」

「……だから～！　分かんないかな～！」

わしわしっ、と自分の髪を掻きむしるようにしつつ、そっぽを向いたままで、奈良は答えてくる。「この先も、定期的にハグするって、約束するなら……キミのことを許してあげるって言ってるの！　キミの目の前にいる、この宇宙一簡単な女はね！」

「…………え!?」

「『え!?』じゃないよ！　まったく勘弁してくれよ、海鳥！　キミの謝罪、破壊力高すぎだから！　こんなの、前よりもっともっと大好きになっちゃうから！」

奈良はそんな風に、恥ずかしさを誤魔化すような強い口調で、ひとしきり叫んだあと、

「……でも、私の方こそごめんね、海鳥」

一転して、しおらしい声音で言葉を続けていた。

「子供みたいな拗ね方して、本当にごめん。電話で『死ね』とか言って、本当にごめん。キミの事情も知らずに、私の考えだけを一方的に押し付けて、本当にごめん。

ここ数日は、キミとのことが気になりすぎて、ろくすっぽ眠れなかった……キミに対してやってしまったこと、今は本当に心から、申し訳ないと思ってるよ。だから、ムシが良いのを承知で言うけど、どうか許してほしいんだ。

キミに嫌われたら、私、悲しすぎて泣いちゃうからさ」

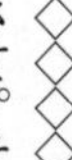

「さて。それじゃあ戻ろうか海鳥」

正面に見える屋台通りの灯りを眺めつつ、奈良は海鳥に呼びかけていた。

「もう大分遅くなっちゃったけど、今から急げば、まだ屋台にはギリギリ参加できる筈さ」

「……う、うん、そうだね！　急いで戻ろう、奈良！」

気合を入れるように、握りこぶしを作りつつ、海鳥は答える。

「職務放棄した分、残り僅かな時間だとしても、人一倍頑張って仕事するよ、私……！　それに、でたらめちゃんたちにも、謝らないといけないし……！」

「それは本当にね。誠心誠意、心を込めて謝るべきだよ」

奈良はうんうん、と頷きつつ言う。「まあでも、結局みんな優しいから……キミが屋台に戻るだけで、許されちゃうような気もするけどね」

「ははっ。それは流石に、優しさが過ぎると思うけど」

奈良の軽口に、海鳥は苦笑いを返すが……不意にハッとしたように、その表情を引き締めて、「……いや、だけどこれからは、その優しさに甘えるだけじゃ駄目なんだよね。ちゃんと皆に対しても、お返し出来るようにしていかないと」

「……なにそれ？　なんの話？」

……。……。

「……はあ？　海鳥が、『思いやり』と『愛』のない人間？」

海鳥の説明を受けて、奈良は素っ頓狂な声を上げていた。「ちょっと待ってよ。その自称カウンセラーのおじさん、本当にキミに対して、そんなことを言ってきたの？

やれやれ、まいったね……さっきのAさんとBさんの話は、そこまで詳しく聞けたわけじゃなかったから、分からなかったけどさ。ちょっと褒めてあげた私が馬鹿だったよ。そのカウンセラー、完全に藪だね」

「……？　敗さん？」

「いや、そっちの敗じゃなくて、藪医者の方の藪」

ふるふる、と首を左右に振りつつ、奈良は言う。「キミに『思いやり』と『愛』がないなんて、そんなこと、ある筈ないじゃないか」

「……そうかな？」釈然としなそうに、首を傾げる海鳥。「でも私、皆に与えてもらってばかりで、私の方から何も返せていないっていうのは、割と事実だと思うんだけど――」

「そりゃあ、キミの勘違いってものさ」

海鳥の言葉を、奈良はぴしゃりと遮って、「ねえ海鳥。そういえばキミは、姫路でもさ。自分は普通じゃないのに、ヘンな奴なのに、みんなみんな、自分のことを受け入れてくれる。自分に『いていい』って言ってくれるって、言ってたよね？

まあ、それは確かにその通りで――私や、少なくとも今屋台で働いている皆は、今さらキミのヘンを気にしたりしないんだけど。キミに『いていい』って言うわけなんだけど。それは一体どうしてなのか、キミは考えたことあるかい？」

「……？　ど、どうして？」

海鳥は困惑した様子で、視線を彷徨わせる。「い、いや、そんなこと訊かれても、分からないけど……普通に、皆優しいから、じゃないの？」

「いいや、ぜんぜん違うよ、海鳥」

ふるふる、と首を振って、奈良は答えるのだった。

「私たちがキミのヘンを気にしないのはね。キ、キミの方が先に、私、私たちのヘ、ヘンを気にしなかったからだよ」

「……え？」

「キ、キミの方が先で、私たちが後なの。キミが先に私たちの『味方』になってくれたから、私たちはキミの『味方』になるの。キミに『いていい』って言ってもらえたから、私たちはキミに『いていい』って言い返すの」

海鳥の目を、真っ直ぐに見据えて、奈良は言う。

「これはね、海鳥――たったそれだけの、シンプルな話なのさ」

8　疑問と陰謀

「なあ、サラ子」

××神社、敷地内。

屋台通りからやや離れた場所にある、仮設トイレ前の列の中で、喰堂は口を開いていた。

「あたし、今日ちょっと気になったことがあってよ。聞いてくれねーか？」

「……はあ!?　それ、今じゃなきゃダメなのかい!?」

対して、彼女の前に並んでいるサラ子は、顔を引きつらせて言葉を返してくる。

彼女は遠くの仮設トイレを睨みながら、何かを誤魔化すように、先ほどから地団駄を踏み続けている。

「み、見ての通り……今の私は、尿意を我慢するので、いっぱいいっぱいなんだけどね……！」

「……はあ〜。サラ子お前、だからあれほど、トイレにはこまめにいっとけって言っといたのによ」

そんなサラ子の醜態を眺めつつ、喰堂は呆れたように息を吐いて、「そこら辺のことは、まだ生身になって日が浅いから、上手く出来ねーのかもしれねーけど……まあいいや。別におしっこ我慢したままでも、あたしの話に相槌くらいは打てんだろ」

「……っ！　あ、あんたの傍で、漏らしても知らないからね、あたしは！」

恨めしそうな目で、サラ子は喰堂を睨むのだった。「……で？　なんなんだい？　その、『気になったこと』とやらは？」

「……いや。別に言うほど大した話でもねーんだけど」

喰堂は言いながら、ぽりぽり、と頬を掻いて、「今日の〈嘘殺し〉見ててさ、ふと思ったんだよな——でたらめちゃんって、なんで嘘食えんの？　って」

「……はあ？」意味が分からない、という風に、眉をひそめるサラ子。

「だって、よく考えてもみろよ、サラ子」

そんな彼女に対して、喰堂は尚も言葉を続けていく。「要するに、あいつはさ。他の嘘を食うことで、そいつの持っていた『想い』のエネルギーを、自分のパワーに変換することが出来るわけだろ？　あたしらが肉や魚や野菜を食って、身体に栄養を取り込むのと、同じ要領で。

で、そんな風に他の嘘を食うことで、あいつは今日まで十年以上も、どうにか命を繋げてきたんだよな。本当は弱い嘘で、いつ消滅してもおかしくなかった筈なのに。その運命に、抗うみてーにして」

「…………うん、それはそうだね」

怪訝そうな顔のまま、サラ子は頷き返す。「それは私も、よく知っていることだけど……それがどうしたんだい？」

「……いや、サラ子。『それがどうしたんだい？』じゃなくてよ。どう考えてもおかしいだろ、この理屈」

「…………え？」

「他の嘘を食って、パワーアップするなんて、そんなことがどの嘘にも出来るんならよ。泥帽子なんて、そもそも必要ねーじゃねーか」

「…………？？」

「敗にしても、清涼院のところの守銭道化にしても……〈泥帽子の一派〉なんてわざわざ入らず、そこら辺にいる嘘を狩って、自力でパワーアップすりゃいいだけの話の筈だろ？　だけど実際、あいつらはそうしてねー。だとすれば、考えられる可能性は、たった一つだ。他の嘘を食うっつーのは、この世の〈実現〉嘘の中で、でたらめちゃんにしか出来ねーことなんだ。そう考えると辻褄が合う。〈泥帽子の一派〉の存在についても、矛盾なく説明できる」

「…………」

喰堂の言葉に、サラ子はなにやら真剣に考えこむように、俯いていた。

「……なるほど、もっともな理屈だね。あんたに言われるまで、あたしはそんなこと、ほとんど疑問にも思っていなかったけど。確かに、どの嘘にも『他の嘘を食べる能力』が備わっているなら、泥帽子なんて催眠術師が幅を利かせられる筈ないよね。

……でもそれ、わざわざ疑問に思うような話かい？」

「……？　どういう意味だ？」

「別に不思議でもなんでもないだろう？　でたらめちゃんにだけ、『他の嘘を食べる能力』が備わっていることについては」

首を左右に振りつつ、サラ子は言う。「それは、だから……羨望桜ちゃんが全人類の顔を整形できたり、敗ちゃんがあらゆる人間を一瞬で病気や怪我を負わせられたりするのと、同じようなことで……ええと、なんて言えばいいのかね……」

「……それがでたらめちゃんの『固有能力』だって言いたいわけか？」

「……！　そ、そう、それだよ！」

こくこく、サラ子は何度も頷いて、「要するに、でたらめちゃんは『そういう内容の嘘』ってことなんだよ！　だからでたらめちゃんは嘘を食べられるし、でたらめちゃん以外の嘘には、嘘を食べることは出来ないわけさ！　羨望桜ちゃんや敗ちゃんと同じことを、でたらめちゃんが出来ないのと、同じ理屈でね！　うん、きっとこれが正解だよ！」

「…………」

「……あれ？　猟子？」

「……サラ子。あたしが気になった点っつーのはな、まさにそこなんだよ」

嘆息まじりに、喰堂は言う。「お前が今話したところまでは、私も一人でたどり着いたんだけどよ……そこまで考えて、更に訳が分かんなくなったんだよな。

『そういう内容の嘘』って、具体的に、『どういう内容の嘘』なんだよ？　ど、どこのどいつが、一体どういう嘘を吐いたら、でたらめちゃんの身体にそんな能力が残ることになるんだ？　それもあいつにとって、すげー都合のいい能力がよ」

「…………え、ええ？」

サラ子はますます困惑したように、喰堂を見つめ返すのだった。「……いや、そんなこと私に訊かれても、分かるわけないけど」

「……まあ、そうだよな～」

喰堂は苦笑いを浮かべつつ、夜空を見上げて、「……しかし、流石に気になり過ぎるからよ。やっぱり、今度いいタイミングで、本人に直接尋ねてみることにするわ。でたらめちゃんは、いつ、誰が、なんのために吐いた嘘なのか？　――って」

◇◇◇◇

――そして、時間は少しだけ遡る。

「奈良さんとの仲直り、出来るといいですね。あなたたちの友情が末永く続いていくのを、俺は心から願っていますよ」

「…………！　は、はい、分かりました！　私、頑張ってみます！」

海鳥は、最後にもう一度深く頭を下げて、

「そ、それでは、ご縁があったら、またどこかで！　失礼します！」

そう元気よく叫びながら、警察署の出口へ向けて、駆け出していくのだった。

たっ、たっ、たっ、たっ。

……やがて足音も遠ざかっていき、パーテーションで区切られた待機所には、二人だけが残される。

浴衣男性と、女性警官である。

「それにしても、驚きましたね」

と、浴衣男性はパイプ椅子に腰かけたまま、女性警官の方に視線を向けて、

「清涼院さん、彼女と知り合いだったんですか？」

「……何の話かしら？」

一方の女性警官は、涼しい顔を浮かべたまま、淡々と言葉を返していた。

「わたくし、あんな子のことなんて知らないわよ。誰なの、あれ？」

「……本当に知り合いじゃないんですか？　その割に、向こうはあなたに覚えのある風でしたが」

「だから知らないってば――っていうか普通に考えて、もしも本当に知り合いだとして、それはこの身体の元々の持ち主の方でしょ？　わたくし本体の外見は、このおねーさんとは、似ても似つかないんだから」

「…………」

そう語る女性警官の表情を、浴衣男性はまじまじと眺めている。

が、不意に脱力したように、息を吐いて、「ま、いいでしょう。そういうことにしておいてあげます……それにしても、苦労をかけますね清涼院さん。わざわざ俺を呼び出すために、その人の身体を乗っ取ってくださったんですか？」

「ええ、その通りよ。本当にいい迷惑だわ」

うんざりしたような口調で、女性警官は言葉を返してくる。

「最初に情報を掴んだときは、空いた口が塞がりませんでしたわ。まさかあなたが、警察の御厄介になっているだなんてね」

「ははっ、すみません。今回に関しては、俺は本当に被害者なんですけどね」

愉快そうに微笑む浴衣男性。「まあ、中々に悪くない『暇つぶし』をすることも出来たので、あのスリの若者には、むしろ感謝の意を表したいくらいですが。

——で？　清涼院さんがわざわざ呼びに来てくれたということは、もう皆さん、現地に到着されているということですか？」

「……ええ」

女性警官は頷いて、「あなたに指定された場所に、もう全員揃っているわ。肝心の発起人がいつまで経っても到着しないものだから、何人かしびれを切らしかけているみたいだけどね」

「おお、それは大変ですね。すぐ向かわなければ」

浴衣男性は慌てたように言いながら、パイプ椅子から立ち上がる。「財布はまだ帰ってきていませんが……まあいいでしょう。あんなはした金。大切な顧客たちを待たせる方が、よっぽど損失というものです。

そういうわけで、清涼院さん。俺はもう警察署を出るので、あなたもその女性警官さんの身体、解放してくださって結構ですよ」

「…………」

「ん？　どうしました、清涼院さん？」

「……ねえ。あなた、一体なにを考えているの？」

女性警官は、不審そうな眼差しで、浴衣男性を見つめていた。

「あなたとの付き合いは、わたくしもそれなりに長いつもりだけど。今回ばかりは、本当に意図が読めないわ。

この神戸市に、〈泥帽子の一派〉の主要メンバーを、全員集結させるなんて……なにが狙いなの？　有馬温泉で、〈一派〉の慰安会でも開くつもり？」

「……。ふふっ、有馬温泉で慰安会ですか。清涼院さんは、面白いことを言いますね」

浴衣男性は、穏やかに微笑みつつ、答える。

「まあ、それはそれで楽しそうなイベントですが……残念ながら、今回開催するのは慰安会ではありません。『お祭り』です。電話でも話したと思いますけど」

「……『お祭り』？」

「ええ。この神戸を舞台にした、盛大な『お祭り』ですよ」

そう語る彼の視線は、横合いの壁に張られた、神戸市の地図へと向けられている。「まあ、ほぼ間違いなくこの神戸の町は、俺たちのせいで滅茶苦茶になるでしょうが……知ったことではありませんね。周囲への配慮なんてしていたら、面白いことなんて、何一つできませんから」

「……なるほど。今の一言で、なんとなく合点が行ったわ」

浴衣男性の言葉に、女性警官はやれやれ、という様子で、眉間を摘まんで、

「いつも通りの、面白半分の悪趣味、というわけね……別にどうでもいいけれど、いつまでもそんなことばかり続けていると、いつか誰かに刺されるんじゃないの、泥帽子さん？」

「……いやいや、怖いこと言うのやめてくださいよ、清涼院さん」

泥帽子と呼ばれた彼は、冗談めかした口調で返していた。

「暴力なんて振るわれたら、ひとたまりもありませんって……俺はただ、少しばかり他人の背中を押すのが得意なだけの、か弱い催眠術師なんですからね」

かくして、夏の時間は終わり。

季節は、来る冬へと、ゆっくりと動き出そうとしていた。

あとがき

いきなり若干のネタバレにはなってしまいますが、この場をお借りして、加古川市について一点だけ書かせていただきます。本編中で、『加古川にご当地グルメが二個も三個もある筈ない』みたいな台詞が何度か出て来ますが、これはあくまでも作中のキャラクターたちがそう思い込んでいたというだけであって、現実は違います。加古川には『かつめし』だけでなく、『鹿児のもち』と『あいたた最中』というご当地の和菓子が二つも存在しているそうです。なんと、加古川市にはご当地グルメが二個も三個もあるんですね！

と、いうわけで皆さんお久しぶりです、両生類かえるです（ちなみに作者は神戸生まれ神戸育ちの神戸っ子ですが、祖母が加古川出身なので、加古川の血が４分の１ほど流れています）。ともかく今巻ほど、加古川に助けてもらったライトノベルもないでしょう。もう加古川の方に足を向けては寝られませんね。本当にありがとうございます！

なお、『かつめし』にしても『そばめし』にしても、作中に登場した食べ物はどれも美味しいので、全国の皆さんも是非試してみてください。作者が一番好きなのは『いかなごの釘煮』だったりします。また実際の元町に行っても、『かつ救世主』はありません。

以下謝辞です。担当編集さま、今回も今回とて多大なるご迷惑をおかけしました。三回連続三回目、どんな甲子園常連校だよという感じですね。本当に笑いごとではないので、次こそは県予選敗退したいと思っています。それはもう三、四回戦くらいで早期敗退を喫するつもりです。そういう心構えです。よろしくお願いします。

甘城なつきさま。今回も今回とてスケジュール面で多大なるご負担を強いてしまい、本当に申し訳ありません。それにしても、今回のカバーイラスト『浴衣でたらめちゃん』最高でしたね！　前回ほぼ出番のなかったでたらめちゃんですが、あんな可愛い浴衣を着られたことで、本人もきっと浮かばれたと思います。どうか今後ともよろしくお願いいたします。二巻でも書かせてもらいましたが、本当にあなたさまのイラストなしでは作者はやっていけませんので！

また出版・販売に関わってくださった他の関係者の方々にも、厚く御礼申し上げます。中々お礼を言うこともできませんが、いつも本当にありがたく思っています。

そして、今巻を読んでくださった方々！　この『でたらめ』なお話に三巻までお付き合いいただけて、本当に感謝の言葉もありません！　この先も『でたらめ』な感じは当然変わりませんので、今後ともお付き合いいただけると幸いです！

以上、応援している球団が久しぶりに上位争い中で、とても興奮している両生類かえるがお届けしました。皆様、また次回お会いしましょう！　さようなら！

MF文庫J

海鳥東月の『でたらめ』な事情３

2022年9月25日　初版発行

著者　両生類かえる

発行者　青柳昌行

発行　株式会社KADOKAWA
〒102-8177 東京都千代田区富士見2-13-3
0570-002-301（ナビダイヤル）

印刷　株式会社広済堂ネクスト

製本　株式会社広済堂ネクスト

Printed in Japan　ISBN 978-4-04-681749-5 C0193

●お問い合わせ
https://www.kadokawa.co.jp/（「お問い合わせ」へお進みください）
※内容によっては、お答えできない場合があります。
※サポートは日本国内のみとさせていただきます。
※Japanese text only

◇◇◇

【 ファンレター、作品のご感想をお待ちしています 】
〒102-0071 東京都千代田区富士見2-13-12
株式会社KADOKAWA　MF文庫J編集部気付「両生類かえる先生」係　「甘城なつき先生」係